Bakakaj
Witold Gombrowicz

巴卡卡伊大街

〔波〕维托尔德·贡布罗维奇 著

杨德友 赵刚 等 译

人民文学出版社

图书在版编目(CIP)数据

巴卡卡伊大街 / (波)维托尔德·贡布罗维奇著;杨德友,赵刚等译.
—北京:人民文学出版社,2021
(贡布罗维奇小说全集)
ISBN 978-7-02-012863-1

Ⅰ.①巴… Ⅱ.①维… ②杨… Ⅲ.①短篇小说-小说集-波兰-现代 Ⅳ.①I513.45

中国版本图书馆 CIP 数据核字(2017)第 111474 号

责任编辑　朱卫净　何炜宏　邰莉莉
装帧设计　汪佳诗

出版发行	人民文学出版社
社　　址	北京市朝内大街 166 号
邮政编码	100705
网　　址	http://www.rw-cn.com
印　　刷	山东临沂新华印刷物流集团有限责任公司
经　　销	全国新华书店等
字　　数	147 千字
开　　本	889×1194 毫米　1/32
印　　张	9.5
版　　次	2021 年 1 月北京第 1 版
印　　次	2021 年 1 月第 1 次印刷
书　　号	978-7-02-012863-1
定　　价	49.00 元

如有印装质量问题,请与本社图书销售中心调换。电话:010-65233595

目　录

检察官克拉伊科夫斯基的舞伴　/001

斯特凡·恰尔涅茨基的回忆　/022

一件臆想杀人案　/046

科特乌巴伊伯爵夫人府上的会饮　/097

清纯少女　/130

遭　遇　/152

班伯里号双桅船上的奇异事件　/175

在厨房楼梯上　/237

老　鼠　/266

宴　会　/286

检察官克拉伊科夫斯基的舞伴

这已经是我第三十四次去看歌剧《吉卜赛公主》①的演出了。因为去得晚了点,我绕过队列直接就奔着售票员来了:"帮我个忙,好大姐,跟以前一样,来张楼顶的票,求您利索点。"正在此时,站在我身后的某个人毫不客气地揪住了我的脖领子——没错,毫不客气地把我从售票窗口拽开,而且朝我应该去的地方推我,就是说,队伍的末尾。我憋得心跳如捣,英雄气短——在大庭广众面前被突然地揪住脖领子,这不成谋杀了吗?我环顾左右:这家伙是个大个子,打扮得仪表堂堂,身上香喷喷的,下巴上还留有一圈小胡子。他正在和两位迷人的女士和一位绅士交谈,这位绅士正端详着新买的戏票。

所有的人都看着我——我当然得说点什么。"您可够友好的啊,先生?"我问话的口气带着点挖苦,声调甚至有点

---

① 《吉卜赛公主》原名《查尔达什公主》,是一出由艾姆里希·卡尔曼创作的三幕小歌剧,于1915年首演。——译注(若无特别说明,本书注释皆为译注。)

阴森，但是正如我片刻就软下来一样，我的问话软弱无力。"嗯？"他应声道，侧过身来看着我。

"您真是挺友好的啊，先生？"我又重复了一遍——是那么有气无力。

"不错，我是挺友好。给我站那边去，队尾。守点规矩！这儿是欧洲！"他冲着排队的女人们侃侃而谈，"一个人必须被教育，坚持不懈地接受教育，毕竟我们不是停留在祖鲁人的社会。"

大概有四十来双眼睛和各种各样的面孔对着我——我的心在怦怦地跳，我的嘴也无话可说，在最后一刻，我迈腿朝出口走去（我发誓，确是最后一刻）——我心里翻江倒海，又返回去排队。

我排上了队，买了一张票，而这一切仅仅是为了我最初那个指点江山的感觉。不过这回我并没有像往常一样，全身心沉浸在演出中。当那个吉卜赛公主打起高亢激昂的（西班牙）响板，拱起身躯连连喘息——一个干净利索的年轻人形象映入眼帘，她竖起的衣领和头顶的帽子合为一路纵队行进在她扬起的胳膊下——而我，坐在剧院后排，俯视着这个在我眼前晃来晃去、满头金发、涂着发油的脑袋，喋喋不休:"哈,这才叫好活儿哪!"

第一幕结束以后我下了楼,身子轻轻地靠着乐池栏杆——稍作停留,出其不意地,我朝他躬身致意。他没有认出来,于是我再次点头致意——然后我开始环顾剧院的包厢。又往后,当合适的机会到来时,我再一次朝他鞠躬致意。我回到了楼上,浑身颤抖,筋疲力尽。

出了剧院,我就往人行道上一站。过了一会儿他出现了——他正在同一位女士和她的丈夫道别:"我们会再见面的,亲爱的朋友,不要食言——我求你们了!——明天十点在波洛尼亚餐厅见,我深感荣幸。"寒暄过后,他张罗着为另一位女士拦了辆出租车,正当他自己也要上车时,我走了上去:"抱歉,让您为难了,先生,也许您的菩萨心肠能帮忙捎我一程,我太迷恋这段愉快旅程了。"

"给我滚开,知道吗!"他叫嚣着。

"或许您能帮我一把,先生?"我心平气和地朝着司机说,内心深处,我异乎寻常地平静。

"我想……"此时汽车已经挂挡启动。

虽然我身上没带多少钱——仅够饶有糊口之需——我还是跳上了下一辆出租车,并且让司机跟上前面的车。

"劳驾。"我跟一幢五层豪华公寓的门房搭话。

"我肯定久宾斯基,就是那个工程师,刚刚进里边去了。"

"可不是这样,先生,"门房回答,"刚才进去的是检察官克拉伊科夫斯基和他太太。"

我回到了家里。那天晚上我难以入眠——翻来覆去地琢磨在剧院里的全部经过,包括我的友好致意和检察官的离去。我在毫无睡意的状态下辗转反侧,精神头十足,根本合不上眼;与此同时,由于某人长期不懈地穿梭往来于剧院的二楼,按部就班,可想而知,自然会幻化为另一出白日梦。第二天早上我做的头一件事,就是准备了一大束美艳的玫瑰送到检察官克拉伊科夫斯基家里。从他的住所穿过一栋房子,是一间带门廊的小乳酪店——我一上午就坐在那儿,大约在下午三点左右我终于见到了他。他身穿一套雅致的灰色套装,手擎拐杖。哈,哈——他一路吹着口哨,不时地把手杖摇来荡去,摇来荡去……我立刻结了账跑出去跟上他——并且,钦羡有加地注视着他那微微律动的背影。我陶醉其中:他对此一无所知,事情全部由我来控制,身在暗处。一股香水的味道从他身后飘散开来,他看上去神采奕奕——不过看起来似乎不太可能同他进行任何近距离的接触。即便如此,我仍然有法可寻!我决定:假如他朝左拐,你就会买这本书,伦敦写的《冒险家》①,你梦寐以求的愿望就在其中——但是假如他朝右拐,你就会一无所获,再也不会得到;即使你有幸得到,你永远也无法读完哪怕是一小页内容!肯定白白浪费时间!哦,一连数小时我盯视着他的脖颈,这里的发际呈均匀一线,下面是一段白嫩的脖子。他朝左拐了。在非常情况下,我应该立即赶往书店,但是现在我继续跟在他身后——只为了一种难以名状的感激之情。

瞧见这一切的卖花女人最后给我出了个新点子,我应该马上,立即——施展我自己的能量——为他举行一个凯旋而归的欢迎仪式,以表露出一种五体投地的崇敬之情,也许他并不把这当回事。其实他真的熟视无睹又如何?果真如此,那我干得可就太漂亮了——悄无声息地传达对某人的敬意。我买了一束鲜花,追上了他——当我一进入他的视野范围,我竟连平日里均匀而自然随意的步态也忘了走了——而且于无声处之间,我丢下了几支怯生生的紫罗兰

---

① 这里应该指杰克·伦敦。

在他的脚下。于是乎我蓦然觉察到自己处于一种极其古怪的境地：我没完没了地走啊走，也不知道我身后的他是否继续在走，还是转过街角走进一扇门里；而且我毫无勇气转过身去——即使我不知道因此发生了什么，我也不会转过身子——可是当我最终抑制住自己的情绪，假装顺原路寻找我丢失的帽子时——他已经不在我身后了。

我脑子里只想着波洛尼亚，直至天黑。

我紧紧跟在他们身后，进入了一个豪华天堂，选了一个与之相邻的桌子坐了下来。我有一种预感，这顿饭肯定会破费不菲，可是毕竟我琢磨着，这对我来说没啥影响，况且，我最多活不过一年，我不需要精打细算。他们立刻就发现了我：女人们不顾体统，开始交头接耳——可是他，却对我视若无睹，丝毫也不注意我的存在。现在他就要准备舞一曲了，他俯身朝身边女人贴近，现在他正四下里打量着另外一些女人，同时查看着菜单。他不慌不忙地开了口，拿腔拿调：

    餐前小吃，鱼子酱……蛋黄酱……嫩鸡肉……甜食有菠萝——清咖啡、波马尔葡萄酒、白葡萄酒、科涅克白兰地和利口酒。①

接着我也点菜：

> 餐前小吃，鱼子酱……蛋黄酱……嫩鸡肉……甜食有菠萝——清咖啡、波马尔葡萄酒、白葡萄酒、科涅克白兰地和利口酒。

这顿饭吃了很长时间。检察官吃得挺多，尤其是嫩鸡肉②——我不得不强迫自己吃——说真的，我一直在想我会顶不住的；我心惊胆战地看着他还会再吃些什么。他继续大吃大喝，吃得大快朵颐；真是狼吞虎咽，风卷残云一般，他还以酒代汤将嘴里的食物冲下肚里；对我来说，这简直就是一场真正的磨难。我想我这辈子绝对不会再看嫩鸡肉一眼，而且我也决不会再吞下蛋黄酱，除非——除非有朝一日我们再一起去餐厅。那样的话，情形会有所不同，因为，我确实知道是怎么一回事了，那么我就会坚持到底。还有，他喝

---

① 以上菜名和酒名都是用法语说出，所以作者说克拉伊科夫斯基拿腔拿调。
② 此为法语，指的是去掉卵巢的食用母鸡肉。

了那么多的美酒，以致我的脑袋也开始犯晕了。连玻璃镜里都反射着他的身形！你瞧他可真是全情投入啊！他为自己勾兑鸡尾酒的手法是多么老道纯熟！他是多么优雅，把牙签夹在牙缝之间，妙语连珠！他将头上的秃顶伪装得挺好，保养得细皮嫩肉的双手，一个手指上带着一枚图章戒指，他说话时发出一种低沉的声调：那是一种柔和的男中音，满怀爱意。检察官太太给人的感觉乏善可陈，毫无特点，她是那种——你可能会说——微不足道的人。但是医生的太太就不同了！我立刻注意到了他的声音，此刻他已经向医生太太示爱了，声调掩饰得既柔和又圆滑。哈！哈！昭然若揭！这位医生太太好像是专门为他量身定制的：她线条迷人，诡谲如蛇，机心深藏，游手好闲——一只惹人疼爱的小猫咪，满脑子充斥着阴柔之气的奇思怪想。再者，在他口中，单词"小爪子"听起来是那么舒服——你能感觉到他喜欢……而且他知道如何教你成为……小爪子，乖宝宝，如何饱食狂欢，放浪形骸，如何成为登徒子，酗酒者——哈哈，他是个酗酒狂徒，是那个令人爱戴的法学博士！而且："我恳求您"，一句"我恳求您"，说得那么情真意切，难以抗拒，如此谦谦君子毋庸置疑，就像用那三个字即可描述所有可能发生的丰功伟绩一样。他的指甲呈粉红色，其中一只小拇指尤其显眼——一直到凌晨两点我才回家，然后一头扑到床上，和衣而卧。我浸淫其中，酒色过度，心力交瘁；我打着饱嗝，脑袋嗡嗡作响，成盘的美食撑得我胃发胀。淫宴！一次淫荡的筵宴，沉醉在寻欢作乐之中！在餐厅的那个晚上，我暗自思忖，这可真是一场夤夜狂欢啊！而其首要目的——这场夤夜狂欢！就是由于他——而且全都是为了他！

自此以后，我每天都坐在乳酪店的门廊里等待着检察官的到来，无论他何时出现，我都会跟在他身后。要是换了其他人，也许根本不可能牺牲六小时的等待时间。可我有的是时间。我的疾病，癫痫，是我独有的痼疾——而且是一种极其稀有的痼疾——在日复一日的消磨中发作；有别于此的只是：我不用承担什么责任，时间自由支配。我没有像别人一样，被亲戚、熟人和朋友、女人和舞蹈弄得精神错乱；拯救一个人，而且只拯救跳舞的那个人——舞蹈病患者——我既不懂跳舞又不了解女人。一点点难以启齿的微薄收入对我足够了，而且，无论如何，有理由相信我穷困潦倒的境况不会持续太久——既然如此，我还省吃俭用干吗？从早到晚，我成天自由自在，不用受雇于人；这就像度过一个没有尽头的假期，蕴含着无穷无尽的光阴：我——一位土耳其苏丹，时时刻刻——跟我的后宫佳丽们……

哈，快来干吧——该死的家伙！

这个检察官是个饕餮之徒，而且你很难描述其中的绝妙；他的作息一成不变，在从法庭回家的时候，他通常会去一家蛋糕房，在那里吃两块拿破仑奶酥——我透过橱窗暗地里监视他：他站在柜台边，不声不响地把奶酥送进嘴里，他吃得小心翼翼，为的是不让奶油弄得到处都是。然后他优雅地把手指吮干净，或者是用一块纸巾擦干。我就这样长久地凝眸远观，终于，有一天——我走进了那家蛋糕房。

"老板娘，您认识检察官克拉伊科夫斯基吗？他每次来都会点两块拿破仑奶酥，您想起来了吗？我是想这样，我提前付您一个月的拿破仑奶酥钱。当他再来的时候，请您别收他钱，您只需面带微笑对他说：'已经有人替您付过了！'或者甭提这事：'很简单，您瞧，因为我打赌输了'。"

第二天他如期而至，吃奶酥，然后好像准备付账——结果被拒绝了——直气得他把硬币扔进了施舍箱。

这对我来说意味着什么？只不过是一种礼节性的客套而已——他可以由着性子为无家可归的儿童捐款，高兴捐多少都行，不过一个不容改变的事实是，他已经吃掉了我两块拿破仑奶酥。我现在仍然无法说清这里发生的所有事，话又说回来，叙述事情发生的细枝末节是可能的吗？这就好比置身海洋中的生命——从早游到晚，而且常常在深夜也不得安宁。这也是一种躁动的状态，有的时候，比如说，一旦我们如此面面相对，四目相交，坐在同一辆电车上，而且心情愉悦，那么无论何时我都会去帮助别人一把——但是有的时候也显得荒谬可笑，是挺荒谬的，愉悦和躁动？——不错，没有什么事显得如此困难棘手，如此的神圣不可侵犯，甚至于凌驾人格之上；没有什么事能抵得上建立在隐秘关系、鼠目寸光和漫无目的基础之上的恃强凌弱，这种贪婪使得陌生人之间生来就陷入作茧自缚的境地，难以觉察地连同一副恶毒的枷锁降临人间。想象一下检察官正从一个公共厕所里走出来，手里举着十五格罗申①，可是却发现账单……已经被结了。那他会有什么感觉？想象一下他所迈出的每一

---

① 奥地利辅币。

步，他的人生际遇，大都带着英雄崇拜的烙印，盲目敬畏，奴颜婢膝，赤胆忠心，兢兢业业，热情似火。可是那位医生太太！那位品行不端的医生太太搅得我不得安宁。对她而言，难道他的求爱不够情真意切？难道在波洛尼亚餐厅里的牙签和鸡尾酒对她也是枉然？显而易见她不会承认——有一次，我注意到，他怒气冲冲地离她而去，他的领结也弄歪了……多厉害的女人！怎样做，如何诱导她，如何说服她，她才会顿开茅塞？凭着感觉，我心中自有定论。经过长时间的犹豫不决之后，我决定：写一封匿名信——这才是上上之选。

夫人！您怎么能这么做呢？您的做法不可理喻；世界上没有一个人表现得像您那样！难道您对此情此景，对那些示意和抑扬顿挫的声调，对弥漫在空气中的芳香无动于衷？您怎么能与这桩美事失之交臂呢？您究竟是一个什么样的女人？我，假如处在您的位置，肯定会知道自己该怎么做，哪怕他屈尊降贵只是用一根手指点醒我卑微、僵化、柔弱无助的小身躯。

几天以后检察官克拉伊科夫斯基停下脚步（这发生在一条空旷的街道上，夜色已深），转过身来等着我，手里拿着拐杖。如果此时退缩，一定显得不合时宜——所以我继续走我的路，虽然一股倦意正悄然袭来——恰在此时，他蓦地抓住我的肩膀推来搡去，手杖敲在地上砰砰作响。

"那些愚蠢的诽谤是何目的？你跟踪我是为了什么？"他叫嚣着，"你干吗盯我的梢？这是为什么？我要用手杖揍你！我要打断你的骨头！"

我无言无语，我欣喜异常，像领圣餐时一样闭上了眼睛。在一片沉寂中，我弓身弯腰献上了后背。我等待着——而且我已经历了一段美妙时刻，只有那些确实时日无多的人才能被赐予的美妙时刻。当我直起身子时，他已经迅速走开了，留下手杖轻轻叩地发出的嗒嗒声。我心中洋溢着一种神圣的皈依感和蒙受恩典之情，我回到了空荡荡的街上。时间太短了，我寻思着，太短了！全部过程都太短了！长一点——应该更长一点才是！

我此时的心情悲喜交加。当然！她会把我的信当作一个卑鄙小人的巧言雌黄，当作一桩无聊的骗局，而且还把信交给了检察官看。我没有助人为乐——而是出了一记损招,所有这一切都是因为我太过懒散,怠惰,我给了自己太少——太少做事时的严肃性和责任感;我已无法唤醒内心的良知。

夫人!为了使您迷途知返——我自今日起声明,我将要进行形式不一的(自我)苦修,直到此类事件不再发生。夫人,您太过傲慢无礼!我得用什么样的词汇跟您解释,什么才叫合理之需,应尽的义务?以及像狗一样忠心不二的含义?您还觉得做这事的时间不够长吗?您理解冥顽不化的含义吗?搞不懂您怎么会如此的猖狂?!

第二天,我想起了一处重要的细节,就又加上:

"紫罗兰"香型的香水,他只喜欢闻这个。

这位检察官,从那之后,不再理睬医生的妻子了。有一些事令我寝食难安,彻夜无眠。我不是个天真幼稚的人,我对很多事情了如指掌,事实是没有人对我(的能力)产生怀疑——我很肯定，比如说，像这封信所达到的效果，就可以在尘世间衍生出像医生太太这样的饮食男女来。我甚至面带微笑，一度沉浸在那种魂销天外、大智若愚的微笑之中——可那又是从何而生呢？它就是那个令我承受不太剧烈的痛楚，搅得我隐隐作痛的东西吗？我的愤慨还不够吗？我对检察官的崇敬缺乏真诚？哦，不对！不够是什么？生命，健康？那么我就会发誓，伴随着那个若隐若现、大智若愚的微笑，我肯定会献上我的生命和健康，如此她……她才会心满意足。也可能这个女人囿于传统道德而顾虑重重？可又有什么鬼道德能比得上检察官克拉伊科夫斯基的道德？为了趁热打铁，我决心再一次打消她道德上的顾虑！

夫人，您务必行动！（你的）医生是——一个零，近乎真空的人。

但是对她而言，这无关道德：这只是单纯的傲慢自大或者，总而言之，只不过是一位女性莫名其妙地要耍小性儿，而且她不太能够领会神圣而庄严的本初之物。我信步溜达到她住所的窗下——那上面正发生着什么事？在那扇抽花刺绣图案的薄纱帘后面(她一定是拉帘晚了),她站在哪个位置呢?女人总是那么浅薄!我试图施展催眠术:"你务必,你务必,"我一遍遍重复着,仰头盯着窗户,"今晚,就在今晚,如果你老公不在家。"——顷刻之间,我记起了所有发生过的事,毕竟,检察官打心眼里想揍我;假如那天晚上在大街上他并没有这么做——那也许是他没有闲工夫?所以我将阵地迅速转移到了法院。至于他会怎么做,我知道,他会离开法院一会儿。事实上,在他同两位绅士起身退庭之后仅几分钟,我就起身跟近,悄无声息地,献上了我的脊梁。

两位大惊失色的绅士在我身边转悠,可我才不在乎呢——哪怕当着全世界的面也无所谓!我半闭着眼睛,耸起双肩,坚定不移地等待着——然而什么也没有降临。最后我气得唾沫横飞,站在便道边的一块石板上语无伦次:"你现在觉得行了吧?啥时都行,啥时都行,啥时都行……"

"这人可真是有点缺心眼儿。"他的话音在我头顶上飘浮。

"真是粗心大意!我都忘了还有个会要出席呢!我们择日再谈吧,再见,先生,这儿有一些零钱,好兄弟!不好意思啦!"

于是他迅速钻进了一辆出租车里。哦！这帮出租车！其中一个绅士把手伸进衣袋，我伸手拦住了他。

"我既非乞丐又不是白痴。我有尊严——而且我只接受来自检察官克拉伊科夫斯基的施舍。"

我想出了一个催眠术实施计划，这是一个长期地、持续不断地用上千分钟的真相和神秘线索串联成的压力，其中，不涉及敏锐清醒的意识，（这种压力）造成的是一种下意识的饥不择食。我会用粉笔，在她寓所的外墙上做记号，画上一个箭头和一个大写的 K。我不会将我的计策和盘托出，因为它们多少也算是个神机妙策；她被拖进一个怪事频生的网中难以自拔。一位时装店的店员一定向她——似乎是由于阴差阳错——克拉伊科夫斯基夫人大献殷勤！她在楼梯上遇到的一位行李员会说克拉伊科夫斯基法官他……询问他的伞是否已经被还回来。克雷叶夫斯基——克拉伊科夫斯基，法官——检察官；有一点务必留意：滴水穿石，日久生情，没有人确切知晓她会从城里带来何种奇迹，检察官的气息附着在她衣服上：他身上那让人提神醒脑的紫罗兰味道的香皂和古龙香水味。或者，比方说，发生了类似这样的事：深夜里电话铃响了——她一惊而起，跳下床去，听到的是一个陌生的、以命令口吻发出的声音——容不得片刻停留!——然后就声息全无。或者她看到一张从门缝里塞进来的残缺纸片,在它上面——只有这一句诗:"你可知道这棵柠檬树①开花结果的那个国家吗?"

但是我的希望渐渐幻灭了。检察官不再注意她了——看来我的努力一无所获。我已经预见到了最终缴械投降的那一刻:我觉得我对这事不能视若无睹。这是一桩直接针对检察官的罪恶行径,绝对是令我无法容忍的事情,即使他自己并不为之困扰。但对我而言,这就是一种终极的凌辱,伤害和招致骂名之举,这是一种极端——没错,极端的行为,我讲得再贴切不过。尽管我不相信这种事,我还是为这个不可回避的念头和即将迫近的结局搞得胆战心惊。

而且说实在的……这纯粹是出于善意!可是,哦,他们可真是绝顶狡猾——我还要顺便提一句,我一直对检察官耿耿于怀:他为什么如此之深地保守秘密,难道他就不知道我遭受到的痛苦吗?这是投机取巧吗?哦,不,这可不是碰运气——这可是(我的)良苦用心啊!有一天晚上

---

① 隐语,柠檬树的另一个意思是"蹩脚货"。

我正沿着耶路撒冷大街①往家走——猛然间我萌生出一种预感，我应该去那个公园看看。实际上我此时早就该上床就寝了，因为第二天一大早我还得去钉我的东西呢，我是说在检察官的门上，一块铭刻着"检察官克拉伊科夫斯基法律事务所"的金字招牌。可是我有一种预感：去公园。我走了进去——并且，在池塘的尽头，我看见……啊，哈！我看见了她的大帽檐和他的圆顶礼帽。哦，你这个鼻涕邋遢的小可怜，混账无赖，哦，你这个小坏蛋！竟然干出如此勾当，此时我真是备感煎熬，他们在此秘密幽会，不让我知道——而且做得天衣无缝，神鬼不知！他们俩肯定是坐出租来的！——他们俩拐进了旁边的一条小径，在一张不大的长椅上坐了下来。我蹲在灌木丛中静观其变，我不指望着能发生什么事，而且不认为会发生什么事——我不想知道所发生的任何事；我只是蹲在一片灌木丛后面，飞快地数着树叶，没有任何反应，仿若置身别处。

突然间，检察官一把抱住她，身子紧紧贴着她窃窃私语："你看这里——景色……你听到了吗？一只夜莺在鸣

---

① 一条位于华沙市中心的主要街道，华沙人通常称之为 Aleje，就是指这条大街。

叫，就现在，快听——只要它在鸣叫……为了（给我们）伴奏，有夜莺的歌唱陪伴着……我求求你！"

于是乎……哈，天地茫茫，我无法自抑——仿佛自然界的所有力量都以无比狂热之势汇聚在我身上，仿佛将我置于一个可怕的大柴堆上，一个由尸骨搭成的柴堆，一个殉葬者的柴堆，或者是给了我一个异常恐怖的电击——我一惊而起，开始声嘶力竭地大叫，为的就是让整个公园都听见："检察官克拉伊科夫斯基正在……（干）她！检察官克拉伊科夫斯基正在……（干）她！检察官克拉伊科夫斯基正在……（干）她！"

我的高声断喝触发了警报。一个男人跑了，另一个溜了，人们顷刻之间从四面八方现身——而我撞上了第一个抓捕者，第二个，第三个，我被撞翻在地，我前所未有地手舞足蹈，口吐白沫，一个劲儿地浑身颤抖，抽搐不停——一出酒神之舞。后来又发生了什么事，我记不得了，我住进了医院。

我感觉糟糕透顶。最后的这段经历已经把我搞得筋疲力尽。明天，检察官克拉伊科夫斯基将悄悄动身，他没让我知道（可我知道这事），他是去一个位于东喀尔巴阡山的小山区疗养地。他打算在山里逗留几个星期，猜想着也许我会忘却一切。跟上他！没错，跟上他！无论他走到哪里，都会有我的指明星紧随其后！可问题是我能否活着从这次跟踪之旅中返回；（如果能）那么这段经历就爽到底了。我也可能会突然暴毙街头，身子倚靠在栅栏边，即使是这样——你也会看到一张便条上一定会写着：让他们把我的尸首抬到检察官克拉伊科夫斯基家里。

（常文祺　译）

斯特凡·恰尔涅茨基的回忆

一

我出生、成长在一个名人辈出的家族。我满怀柔情想起你——哦,我的童年时代!仿佛又看见父亲仪表堂堂、器宇轩昂。凝视的目光、端正的五官、花白的头发,勾勒出一个血统高贵、完美无缺的名门之后的形象。我看见了你,哦,妈妈,浑身上下黑色装束,搭配得无懈可击,只有耳朵上戴一对古老的耳环。我还看见我自己——一个满脸严肃、若有所思的小伙子。因为希望破灭,总是哭丧着脸。我们这个家唯一的不足,也许就是父亲讨厌母亲。不是讨厌。我说错了。准确地说,是恨。至于为什么,不得而知。而生活之谜正是从这里开始。等我长大成人之后,这个谜散发出的团团迷雾让我陷入道德的灾难。我为什么会成为今天这个样子?一个微不足道的小人物,或者说得更露骨一点,一个道德沦丧的人。我都干了些什么呀!比方说,吻一位女士的手，就会流出口水把人家的手弄湿，然后赶快掏出手帕，一边说"哦，请原谅"，一边用手帕去擦。

我很早就注意到，父亲像躲瘟疫一样躲着母亲。更有甚者，他总是尽量躲避母亲凝视的目光。他们俩说话的时候，他要么看别的地方，要么看自己的指甲。再没有比父亲耷拉着眼皮子说话那副样子更让人难过的了。尽管有时候，他也会不无轻蔑地瞥她一眼，脸上的厌恶很难形容。我无法理解这一切。我不觉得妈妈有什么令人反感之处。尽管她越来越胖，脂肪全方位地向外"扩张"。我喜欢偎依在她身边，小脑袋搁在她的膝盖上。父母处于这样一种水火难容的关系，该如何解释我的存在？我是怎么来到这个世界的？我想，父亲一定是由于某种压力才播撒了这粒生命的种子——咬紧牙关，全然不顾出于本能的反应。一句话，我想父亲在一段时间内，一定是以"婚姻责任"的名义和心里的厌恶英勇拼搏（他把男子汉大丈夫的荣誉看得比什么都重要），而我，一个小生命，就是他这种英雄主义的结晶。

经过这样一番异乎寻常——十有八九这样——孤独无助的艰苦努力之后，他的厌恶终于以不可阻挡之势暴发。有一次，我听见他对妈妈怒吼，指关节捏得嘎巴嘎巴直响：

"你已经开始秃顶了!很快就像一发光溜溜的炮弹!一个秃顶女人!你知道这对我意味着什么吗?一个秃顶女人。寸草不生、一片荒芜的女人……假发……不,我无法忍受什么假发!"

他压低嗓门儿,强压怒火,用痛苦的声音补充道:"啊,你多么难看。你无法想象你有多么难看!一个人秃顶其实也没有什么大不了的。就像某某人长了个扁鼻子。这样或者那样的缺陷是挺难看。我们雅利安人①也在所难免。可你是整体上的丑陋。从头到脚,简直就是用丑陋'炮制'出来的怪物。你是丑陋的化身……哦,倘若你身上有一点点好看的地方,我这份感情至少还可以有个'立足之地'。而且,我敢保证,我在圣坛前对你立下的海誓山盟还能有个履行的基础。哦,上帝!"

对于这一切,我无法理解。我不明白,母亲的秃顶比父亲的秃顶糟糕在哪里?母亲的牙齿比父亲的牙齿还好。她有一颗洁白的虎牙,旁边的牙缝用黄金填补着。我不明白为什么妈妈不但不讨厌爸爸,而且恰恰相反,她那么喜欢轻轻

---

① 早期对印欧语系各族人民不科学的称谓。纳粹分子所谓的非犹太民族的白种人,北欧日耳曼人。

地抚摩他。当然，只能当客人的面儿。只有那时，父亲才不会因为厌恶而退缩。其实母亲是一个非常庄重、不乏威严的人。时至今日，我还能回想起她作为慈善舞会的资助人、宴会的东道主以及傍晚时分召集仆人到她的小教堂里静修时的风采。

母亲的虔诚简直无人可以与之相比。她的虔诚已经不是激情，而是贪婪。对斋戒、祈祷、善行的贪婪。我、男仆、厨师、女仆、门房准时出现在挂满丝绸帷帘的昏暗小教堂，背诵完祈祷词之后，就开始讲道。"那是一种罪过！可怕的罪过！"母亲声嘶力竭地说。她的下巴像鸡蛋里的蛋黄忽高忽低，轻轻颤动。也许我这样说话，对已经逝去的亲人有失恭敬？生活教会我用这样的语言——一种难以理解的语言说话……不过，不要指望会发生什么事情。

每隔一段时间，母亲就要半夜三更把我、厨师、男仆、门房和女仆叫起来。"祈祷吧，可怜的孩子，为那个怪物——你父亲的灵魂。你们，也为主人祈祷。他把灵魂出卖给了魔鬼！"在她的带领之下，我们一次又一次齐声背诵连祷文，直到早晨四五点钟。那时候，父亲推开门，身着燕尾服或者小礼服出现在小教堂，脸上露出极其厌恶的表情。

"跪下！"母亲一边摇摇晃晃地向他走过去，一边大声叫喊着，伸出一根手指指着基督的画像。父亲用主人的口吻命令仆人："出去！睡觉去！快点！""他们是我的仆人！"母亲说。父亲只好在这祈祷声中离开。我们站在圣坛前继续祈求上帝赎罪。

这一切都意味着什么？为什么妈妈说"他那些肮脏的交易"？为什么她讨厌父亲的"交易"，反过来父亲又那么讨厌母亲？一个天真无邪的孩子被这些无法理解的事情完全搞糊涂了。"那是罪孽，"妈妈经常说，"记住，不要宽恕！看到罪恶而不肯愤怒地大声呐喊的人，应该在他脖子上套个磨盘！'决不憎恨、轻蔑或者厌恶。'这是他发过的誓，可是他现在憎恨！他发过誓不憎恨！哦，燃烧吧，地狱之火！他恨我，我也恨他！最后审判日就要到来！到了另一个世界，我倒要看看我们俩谁更好。鼻子？……灵魂！灵魂没有鼻子，也没有秃顶。真诚的信仰在不久的将来为你打开天堂之门。你的父亲在煎熬中痛苦挣扎的日子一定会到来。那时候，我坐在耶和华……或者，我是说上帝的右手里，看他如何乞求我伸出潮湿的手指让他舔。让我们看看他还讨厌不讨厌我！"父亲在这个问题上也很虔诚，总是按时按点地去教堂。不过，他从来不去我们家的小教堂。他不止一次眯缝着双眼，温文尔雅、贵族气派十足地说："相信我，亲爱的，你这样做实在是缺心眼儿。看到你在圣坛前五体投地、长跪不起，我就觉得基督也肯定不会安宁。当然。我并不否认你虔诚敬神的权利！"他补充说，"从宗教信仰的角度看，这种行为很美好。一个新受洗的人嘛！可是这样做也无济于事。人的秉性不会因此而改变。记住法国人的格言：上帝会原谅，人们会忘记，但是鼻子还是那个鼻子。"①

我在渐渐长大。有时候父亲把我放在腿上，焦急地、长久地端详着。"鼻子还像我。"我听见他轻声说，"伟大的上帝！可是这双眼睛……还有耳朵……可怜的孩子！"他那张高贵的脸因为痛苦而皱眉蹙眼。"到了懂事的年龄，如果他的内心深处有大屠杀的念头，我是不会感到惊讶的。"什么时候是"懂事的年龄"，什么是"大屠杀"，我一无所知。我也不知道一只黑颜色的公老鼠和一只白颜色的母老鼠会生下一只什么颜色的小老鼠？应该是一只黑白花老鼠吧？或者，当这两种颜色的老鼠"势均力敌"的时候，会生出一只没有

---

① 原文为法文。

颜色的老鼠。没有颜色的老鼠就是这种结合的产物……但是，我仍然能够感觉到自己怀着一种不耐烦的心情，偏离正题，期待着什么事情的发生。

二

在学校，我是个刻苦学习的模范学生，但是并没有因此而受到普遍的欢迎。记得第一次受表扬的时候，我站在校长面前，急不可耐，心里充满积极向上的热情，决心大干一场。我这个人，无论动作还是思维都相当敏捷。那是我性格的特点。我以为，表现越好，就越能受到老师和同学们的喜爱。可是，我的满腔热情、一片真诚在那堵无法穿透的神秘高墙上撞得粉碎。什么神秘？呸！那时我不懂，现在也不懂。我只是觉得有一种排斥、敌意然而又是令人高兴的神神秘秘的东西从四面八方向我挤压过来。我无法突破重围。因为那不只是一首既迷人又令人兴奋的儿歌："一，二，三！犹太人都是虱子，波兰人都是英雄。我选三。"在校园里做游戏的时候，同学们相互之间经常这样喊来喊去。我觉得它让人高兴，便满怀激情和喜悦地这样宣称。可是为什么令人高兴，我也不得要领。我甚至觉得根本没有必要说三道四。我应该站在"场外"冷眼旁观，以自己的勤勉和礼貌加以补偿。但是，我的勤勉和礼貌换来的不仅仅是学生——他们形同路人——的厌恶，更让人无法忍受的是老师的反感。

我还记得：

你是谁？
一个小波兰人。
你唱什么？
只唱白鹰！①

我还记得已故历史和民族文学教授。那是一位温和的、死气沉沉的老人，从来不高声说话。"先生们，"他一边说，一边用一块很大的印花绸手帕捂着嘴咳嗽，或者用手指掏耳朵，"别的民族能成为各民族的弥赛亚吗？能成为基督教的坚强支柱吗？哪一个民族有约瑟夫·波尼亚托夫斯基②这样

---

① 这是一首波兰爱国歌曲中的一节。"白鹰"是波兰的象征。
② 约·波尼亚托夫斯基（1796—1813），拿破仑军队中的一位出生于波兰的元帅。

的亲王？至于一大批天才，尤其是科学文化领域的先驱，我们堪与整个欧洲匹敌。"他立刻如数家珍般说出巨匠们的名字。"谁能与但丁相提并论？""我知道，先生。"我像踩了弹簧似的跳了起来。"克拉辛斯基①！""莫里哀？""弗雷德罗②。""牛顿？""哥白尼！""贝多芬？""肖邦。""巴赫？""莫纽什科③！""先生们，你们自己也可以从中得出结论，"他开始总结，"我们的语言比法语丰富一百倍。尽管法语以其完美无缺闻名于世。可是法语又怎么样呢？以'小'为例，最多就是 petit, petiot, très, petite 这样几个字，而波兰语就丰富多了：maly, malutki, maluchny, malusi, malenki, malenieczki, malusienki 等等，都是小的意思。"让我百思不得其解的是，尽管我回答问题总是最快，最好，可他就是不喜欢我。后来，有一次，他清了清嗓子，用一种古怪的、彼此心照不宣而又颇为自信的腔调说："波兰人，先生们，一直就很懒。因为懒惰和伟大的天才总是携手同行。波兰人才华横溢，但是生性懒惰，缺乏责任感。波兰人是一个奇特的

---

① 齐·克拉辛斯基（1812—1859），波兰剧作家和诗人。
② 亚·弗雷德罗（1793—1876），波兰喜剧作家。
③ 斯·莫纽什科（1813—1872），波兰音乐家，被誉为"波兰民族歌剧之父"。

友好亲切的民族。"从那以后，我的学习热情锐减。遗憾的是，即使这样，也没能赢得这位好为人师的老学究的欢心，尽管从总体上看，他喜欢懒汉。

他不时眯缝着一只眼睛，目光在教室里扫来扫去，全班同学立刻竖起耳朵。"啊，"他说，"春光明媚，对吗？心扉洞开，吸引你们到森林和草地。波兰人总是这样——像人们常说的那样，不可救药的无赖，难对付的家伙。连坐都坐不安稳。哦……哦……所以瑞典、丹麦、法国和德国的女人都对我们赞不绝口。可我们还是喜欢波兰女人。她们的美貌举世闻名。"他的这番话和别的说教对我的影响如此之大，以至于我很快就爱上一位少女。我和她经常坐在瓦金卡公园同一条长椅上学习。我好长时间不知道如何开口向她求爱。后来，终于大着胆子问她："你能允许，小姐……"她什么话也没说。第二天，向同学们请教之后，我硬着头皮捏了她一下。她白了我一眼，吃吃吃地笑了起来……

就这样我初战告捷，兴冲冲地、自信心十足地回到校园。不过，心里还是有点儿着急，对她白我那一眼和吃吃吃的笑声把握不准，弄不清她究竟是什么意思。"你们知道吗？"我在校园里说，"我也是个难对付的家伙。一个无赖，波兰小混混。你们没看到昨天我在公园的表现真是太遗憾了。你们本该看到一出好戏……"我跟他们细说了一遍。"笨蛋！"他们说，不过第一次出神入迷地听我讲自己的经历。突然，一个家伙喊了起来："青蛙！""在哪儿？什么？青蛙？"大家立刻向那只青蛙追了过去。我也是他们当中的一员。我们用细树枝抽打着，直到那只青蛙一命呜呼。他们允许我参加这种只有他们几个"圈儿里人"才能一起玩的游戏，我既感激又骄傲，觉得这简直是我生命的"新纪元"。"你们知道吗？"我大声说，"那儿还有一只燕子。那只燕子飞进教室，拍打着翅膀直往玻璃窗上撞。等一下……"我捉住那只燕子，怕它飞走，便折断它的翅膀，拿起一根树枝。别人也立刻围了过来。"可怜的小东西，"他们七嘴八舌地说，"可怜的小鸟，给它喂点面包和牛奶。"看见我举起手里的树枝，帕维尔斯基眯细一双眼睛，颧骨越发突出。他朝我的脖子使劲打了一巴掌。"他打你的脖子了！"他们叫喊着，"你可真没面子，恰尔涅茨基熊包，还手呀！也给他脖子一巴掌！""我怎么能打他呀，"我回答道，"我没他劲儿大。如果还手，他会再打我。我会再丢一次面子。"于是他们蜂拥而上，对我拳打脚踢，边打边嘲笑我，恶毒地咒骂我。

爱情，哦，令人陶醉的、难以理解的胡说八道——捏，掐，甚至紧紧地抱在怀里——其中包含着多少内容！呸！呸！今天我才明白该如何理解这份感情。我看出，所谓爱情实际上和打斗有诸多相似之处。两个人打斗不也是又捏又掐，或者抱在一起撕扯。可是那时候，作为一个人，我还没有堕落，恰恰相反，我心里充满美好的感情。要爱吗？我可以勇敢地说，我急切地需要爱。我希望通过这种方式穿透那堵神秘的高墙。怀着炽热的心、真诚的信念，忍受着这种奇妙的感情带来的种种折磨，盼望会在某一天真正弄明白所谓爱情到底是怎么回事儿。"我渴望得到你！"我对我的恋人说。她用毫无实际意义的话打发了我。"你这人没有什么分量，先生，"她看着我的脸，神秘兮兮地说，"一个婆婆妈妈的花花公子，妈妈的小乖乖。"

我不由得打了个寒战。妈妈的小乖乖？她说这话是什么意思？难道她猜到了什么。我已经知道，如果父亲的血统纯而又纯，母亲的血统也很纯正，不过是另外一种意义的纯正——犹太人的血统。父亲——一个家道中落、穷困潦倒的贵族为什么要娶母亲——一个富有的银行家的女儿？我已经明白，他为什么那样焦躁不安地端详我这张脸：为什么对与妈妈这种"共存共荣"的关系如此憎恶并且在憎恶中消耗自己：为什么在做夜间那些勾当时，在优良人种"崇高"理念的支配下，他渴望把自己这个种族的种子播撒到更加"肥沃"的土地上。实际上我还是不明白。那堵让人着魔的神秘高墙又耸立在面前。对于这个问题，即使在理论上略知一二，也不影响我对父母的感情。我对他们都不反感。我是孝顺父母的好儿子。就是今天，我还是不太明白。像我这样一个在理论上一窍不通的人，根本就不知道一只黑色的公老鼠同一只白色的母老鼠会生出一只什么颜色的小老鼠。我只能想象我是个特例，一个谁也不曾听说过的"个案"。那就是，分属敌对民族的父母，力量绝对相等，在我身上抵消得干干净净，生下一只没有颜色的老鼠。无色！一只"中立化"的老鼠！这就是我的命运，这就是我的奥秘之所在。这就是我一事无成的原因。什么都想参与，什么也参与不了。这就是为什么听到"妈妈的乖儿子"，我便紧张不安的原因。更糟糕的是，她说这话的时候总是耷拉着眼皮子。而我这辈子从爸爸耷拉眼皮子和妈妈说话开始，就被这副表情搞得心神不定。"一个男人，"她说，抬起那双美丽的眼睛，"一个男人应该勇敢！""当然！"我就很勇敢。她富于幻想，让我跳过壕沟，举起重物。"去踩花坛，不过不是现在。要等看门人守在那儿的时候，把树篱弄坏。把那个先生的帽子扔到水里！"想起发生在校园里的那件事情，我对别人的说教总是谨而慎之。可是，我问她为什么要这样做的时候，她说，她也不知道。她是个谜，一个令人费解的人物。"我是斯芬克司，"她经常说，"一个猜不透的谜……"我不成功的时候，她非常难过。如果我成功了，她就高兴得像个孩子。作为犒赏，她让我吻她那只好看的小耳朵。但是对"我想得到你"的请求，从来不予理睬。"你身上有一种东西，先生，"她说，有点局促不安。"我也不知道是什么东西，似乎是一种奇异的味道。①"这话意味着什么我太清楚了。

我承认，所有这一切，异乎寻常地迷人，异乎寻常地奇妙。是的，准确地说，就是奇妙，但也异乎寻常地难以置信。我并不灰心。我读了许多书，特别是诗歌，尽可能吸收、消化那充满奥秘的语言。我还记得那时候写的一篇作文：《波兰人与其他民族之比较》。

"毫无疑问——甚至不值一提——波兰人比黑人、东方

---

① 原文为德文。

人优越得多。他们的皮肤就令人作呕。"我写道。

"就是在欧洲各民族中,波兰人的优势也显而易见。德国人——乏味,残暴,走路的姿势难看。法国人——身材矮小,腐化堕落。俄罗斯人——粗野。意大利人——优美的旋律。哦,身为波兰人,我感到极大的宽慰。难怪谁都嫉妒我们,谁都想把我们从地球上消灭。只有波兰人才不会在我们心中激起厌恶与反感之情。"其实,写这些文字的时候,我自己也没有什么把握。但是我觉得这也许正是语言的奥妙之所在。这种天真幼稚的断言使我乐而忘忧。

三

政治舞台的地平线阴云密布,我的恋人显露出一种非同寻常的兴奋与激动。哦,九月那些让人难忘的、怪异荒唐的日子!就像我读过的一本书里描写的那样,空气里散发着留兰香和杜鹃花的香气。缥缥缈缈,难以捉摸,充满怨恨,而又燃烧着激情。大街上,人头攒动,歌声嘹亮,游行队伍浩浩荡荡。恐怖,疯狂,兴奋。一支支小分队迈着整齐的步伐走过大街,齐刷刷的脚步声更增加了紧张的气氛。这边,一个年老的起义者声泪俱下发表演讲；那边，正在进行战前动员，年轻夫妇相互告别。各种旗帜迎风飘扬，演讲声、充满激情的口号声、国歌声不绝于耳。宣誓，祝圣，眼泪，义愤，高傲，仇恨，招贴画。如果你相信画家的话，那么，以前的女人从来不曾像现在这样妙不可言。我的恋人不再注意我。她的目光更加深沉、冷峻，变得更富于表现力。她只注意军人。我不知道如何是好。谜一样的世界突然之间变得更让人难以置信。我不得不加倍提高警惕。

我和别人一起欢呼，将爱国主义化作慷慨激昂的口号。有好几次甚至去看当场处死间谍的私刑。可我觉得仅仅做这样一些事情还远远不够。我的恋人雅德薇霞脸上有一种东西使得我尽快报名参军。我被分配到长枪骑兵队。从最初开始，我就发现这步棋走得很对。在军医处检查身体时，我手里拿着一张纸，赤身露体站在六个工作人员和两个医生面前。医生让我抬起脚仔细察看我的脚心。他严肃认真，很像雅德薇霞用冷峻的目光忧心忡忡地打量我时那样。唯一让我纳闷的是，那天在公园，她指责我身上的缺陷时，没有注意我的脚心。

就这样，我成了士兵，一个长枪骑兵。我和别的士兵一起歌唱:"长枪骑兵,天之骄子,多少姑娘为你憔悴,多少少妇为你心碎。"① 当然,作为个人,我们谁也算不上"天之骄子",可是当我们作为一个整体,肩背长枪,头戴华丽的头盔,骑着高头大马,唱着这首歌,穿街而过的时候,女人们都面带令人惊奇的美丽微笑注视着我们。这一次,我觉得那一颗颗心也是为我而跳动……为什么,我不知道。因为我还是斯特凡·恰尔涅茨基伯爵,还是一位喝着金水酒②长大的母亲生下的儿子,尽管穿着长统马靴,佩戴着树莓图案的彩色领章。要上前线打仗前,母亲当着全家人的面,送给我一件神圣的纪念品为我祝福,劝告我对敌人不要宽容。在场的人最受感动的是那个女仆。"割断喉咙,放火,屠杀!"妈妈慷慨激昂、声嘶力竭地说,"不要宽恕任何人!你是耶和华,哦,我的意思是上帝,惩罚恶人的武器。你是进行惩罚的武器!表示憎恶、轻蔑、仇恨的武器!消灭所有那些在圣坛前发誓不憎恨而实际上总是在憎恨的、纵欲无度的坏人!"父亲是个激进的爱国主义者,站在旁边痛哭流涕。"我的儿子,"他说,"用鲜血洗刷祖先的耻辱。打仗前一定要想

---

① 第一次世界大战期间流行于波兰的一首赞美长枪骑兵的歌。
② 一种含有大量小片金叶状物的酒,产于波兰格但斯克。

着我。不要想你的母亲,就像不要想瘟疫一样。要是想她,你就完蛋了!想着我,绝不宽容仇敌!绝不!把那些无赖消灭得一个不剩。把所有种族都彻底铲除,只留下我们一个民族!"恋人第一次主动将两片朱唇凑到我的唇边。那是在一个公园,酒吧里传出的四重奏悠扬动听,留兰香和杜鹃花香气袭人。没有"开场白",也没有任何解释,她便把唇贴到我的唇上。真是美妙绝顶。你觉得想痛哭一场。今天我明白,那是因为死人太多的缘故。自从我们——男人走上战场,开始杀戮之后,她们——女人便挑起工作的重担。可是那时,我还不是一个道德沦丧的人。这种看法对于我虽然并不陌生,但只是闲话人生时随便说说而已,泪水还是从我的眼睛泉涌般流下。

"哦,战争,可爱的战争,你是个什么样的妇人?"[①] 原谅我又回到这个让我苦不堪言的"谜团"。前线的士兵在泥水与血肉中打滚。疾病、疥癣、污物折磨着他们。更有甚者,他们的肚子被炮弹炸开,肠子流在外面……所以……为什么?为什么士兵是燕子而不是青蛙?为什么士兵这个职业

---

① 第一次世界大战期间流行于波兰的一首将战争和军队浪漫化的歌曲的头两句。

那么美好,处处受人尊敬?不,我又说错了。不是美好,是奇妙,奇妙到了极点。这一点——奇妙——在与士兵精神上可耻的背叛与恐惧作斗争时,给了我勇气和力量。我几乎很快乐,仿佛已经到达那堵难于穿透的墙壁那边。每次用卡宾枪瞄准目标射击的时候,眼前就出现女人高深莫测的微笑,耳边回荡着士兵们喜欢的那些歌曲的旋律。经过艰苦的努力,我甚至终于赢得我的战马——长枪骑兵的骄傲——的好感。那以前它总是又踢又咬。

四

可是,后来发生的一件事情将我抛入道德沦丧的深渊,而且至今没能从这深渊中走出。一切进展顺利。战争在全世界打得如火如荼。与它相伴的神秘没有稍减。人们将刺刀刺进对方的肚子。相互仇恨,憎恶,鄙视,爱慕,崇拜。从前,在和平的日子里,农民给稻谷脱粒的场院,现在成了一片瓦砾。我和他们并肩战斗。我对如何行动,怎样选择,从来没有怀疑。军队铁的纪律就是我在这个大谜团中行动的准则。我敢打敢冲,也能躺在战壕里任凭令人窒息的毒气折磨。我已经在眼前为自己傻乎乎地铺展开一道充满快乐的风景——从战场凯旋而归,永远摆脱无色老鼠"中立地位"的命运……可是,形势急转直下。远程炮弹在耳边呼啸……暮色笼罩了眼前那块已经耕种过的土地。破棉絮般的云彩从天空掠过,寒风像鞭子一样抽打着我们。士兵们比以前更让人惊叹不已。在过去的三天里,我们一直守着一座小山,山顶上一棵被炸断的树依然挺立着。中尉刚刚命令让我们严防死守,与阵地共存亡。

突然,一阵炮弹从天而降,在我们的阵地炸开了花。弹片炸断长枪骑兵卡茨佩尔斯基的两条腿,炸开他的肚子。起初他不知道天南地北,没弄清发生了什么事情。可是过了一会儿,他也突然爆发——爆发出一阵大笑!他捂着肚子,血像喷泉一样从手指间迸涌而出。他尖叫着,滑稽古怪、歇斯底里的叫声,一直持续了好长时间。那是一种极具感染力的笑声!在战场上,你无法想象这种完全出乎意料的笑声意味着什么。我差点儿没能熬到战争结束。回家之后,耳边仍然常常响起那让人毛骨悚然的笑声。我终于认识到,我曾经为之奋斗过的一切都已化为泡影。偎依在雅德薇霞身边过幸福的新生活的美梦彻底破灭。

然而，纲领还是必需的。那就弄一个吧！我要求而且坚持，一切的一切——为人父者，为人母者，种族，信仰，贞洁，未婚妻……总而言之一切都实现国有化，而且凭配给卡，平均分配，满足供应。我要求，而且面对整个世界坚持这个要求，把我的母亲切成小片，凡是没有足够热情祈祷的人，每人可以分到一小片。父亲也一样，把他交给所有那些没有种族观念的人，分而食之。我还要求所有的微笑，所有的美貌和优雅都按需分配。至于无法证明正当的憎恶都统统关到"惩罚室"，严惩不贷。纲领就这么多。贯彻执行纲领的方法主要由咯咯咯尖笑和眯细眼睛看人这两部分组成。我非常固执地坚持这样一个原则，那就是战争摧毁了我内心深处所有的"人之常情"。我还进一步坚持，就我个人而言，不与任何人签订"和平条约"。对于我，战争压根儿就没有停止。哈哈！你或许会激动得大声叫喊起来。这个纲领不真实，实施的方法愚不可及，无法理解！很好。可是你的纲领就更真实，你的方法就更容易理解吗？不过，不管怎么说，我并非顽固地抓住这个"纲领"和"方法"不放。

所以，女士们，先生们，你们微笑，你们眯细一双眼睛；你们善待燕子，折磨青蛙；你们横挑鼻子竖挑眼；你们无休无止地痛恨、憎恶这个人或者那个人；那么陷入难以置信的挚爱与痴迷之中；所有这一切都因为某种奥秘而生。那么，如果我也创造自己的奥秘，并且以爱情和部队教给我的爱国主义、英雄主义、献身精神强加于你们的世界，又会怎样呢？如果我以一个老兵的唐突无礼眯细眼睛朝你微笑（有点不同的微笑），又会发生什么事情呢？也许我和我的恋人雅德薇霞在一起的时候，最诙谐幽默。"女人是个谜吗？"我问道。（我从战场上回来时，她十分热情地欢迎我，仔细看着那枚勋章，然后我们立刻就到公园去了）。"啊，是的，"她回答道。"难道我还不够高深莫测吗？"她说，耷拉着眼皮。"女人天生就是个谜，一个斯芬克司。""我也是个谜！"我大言不惭地说。"我也有自己神秘的语言。我要你说这种语言。你能看见那只青蛙吗？我以士兵的荣誉发誓，如果你不能立刻说出来，我就把青蛙塞到你的衬衣里。我可不是在跟你开玩笑，看着我的眼睛，说下面的话：恰姆——巴姆——比，米另——姆纽，巴——比，巴——贝——诺——扎尔。①"

---

① 似文字游戏。

她怎么也不肯说，拼命和我兜圈子，解释说，这样做很蠢，很不公平，她不能跟着我瞎说。她满脸通红，想把这件事情演变成玩笑。后来，她哭了起来："我不能！不能！"她一边哭一边连声说。"我害羞，怎么能说这样一些毫无意义的字？"我抓起一只又肥又大的癞蛤蟆吓唬她。她吓得发疯，着了魔似的躺在地上打滚，嘴里发出声声尖叫。那叫声堪与那个被炮弹炸断双腿、炸开肚子的士兵的叫声相比。这种对比——还有那只青蛙——一定令人反感。但是请你不要忘记，我是一只没有颜色的老鼠，一只"中立"的老鼠，既不白也不黑，也会令大多数人反感。说实话，同样一个东西能满足所有人的口味，让所有的人都感到新奇吗？在整个这场冒险中，对我个人而言，最新奇、最神秘、留兰香和杜鹃花散发出的香气最浓郁的时刻是她最终被衬衫里乱窜的癞蛤蟆吓疯了。

也许我只是一个激进的和平主义者。我周游世界，在习性与癖好的无底深渊漂浮。不管走到哪里，只要感觉到神秘莫测的感情——无论对美德还是对家族，对信仰还是对祖国——都要做出卑鄙无耻的勾当。这是我自己的奥秘，我将它强加于生命巨大的谜团。我无法心平气和地从一对幸福的夫妇，从一对快乐的母子，或者从一位值得敬重的老人身边走过。可是有时候，我的心里充满悲伤，为你，母亲和亲爱的父亲，为你，哦，我那圣徒似的童年。

（李尧　译）

一件臆想杀人案

为了处理几件财产归属方面的事情，去年冬天我不得不启程去拜访一位名叫伊格纳西·K的地主。我请了几天假，把自己的事务托付给助理法官，又发出一份电报："星期二下午六点到。请准备马车。"结果呢，待我抵达车站却发现并没有马车等我。我打听了一番，电报的确按时发出了，昨天是收报人亲自来取走的。不管愿意不愿意，我只得雇一辆私人的运货马车上路，先把箱子和装漱用具的盒子放在车上。那个盒子里有一小瓶科隆香水、一瓶植物香精、一块散发着杏仁味的香皂、一个文件夹和一把指甲刀。时值解冻的季节，在静寂的夜色中马车颠簸着穿越田野，四小时后我来到这儿。紧裹着城市风尚的大衣，我仍冻得发抖，上下两排牙齿咯咯作响。望着车夫的后背，我自忖："脊背就这样露着！就这样永远背对着人，总是在杳无人迹的地方，而且还得迎合坐在身后的乘客的种种怪念头！"

我们最后终于来到一座木结构乡间宅子前。宅子里一片漆黑，只有二楼上有一扇窗子里亮着灯。我轻轻叩门，门紧闭着。我叩得更重些，仍没有人来应门，四周静悄悄的。几条看门狗朝我扑过来，我只好退回到马车那里去。车夫也上前帮我敲门。我想："主人不大懂得待客之道。"

后来，门开了。门口站着一个大约三十岁的高个儿男子，手里提着一盏灯，瘦削，留着一撮漂亮的小胡子。

"怎么回事？"他举起灯来问道，像是被人从睡梦中刚刚唤醒。

"您没有收到我的电报吗？我是H。"

"H？什么H？"他仔细端详我一阵，仿佛看出了某种可资鉴别来人身份的标记。他的目光迅速瞟向别处，手里的灯攥得更紧了。突然，他低声道："与上帝同行吧，先生。与上帝同行，与上帝同行，先生！愿上帝为您指路！"说完他急忙转身进屋去了。

于是我锐声道："请您原谅，先生。我昨天发电报说过我要来。我是预审法官H，我想见K先生。我没能早点儿到，那是因为没有人派马车去车站接我。"

他把提灯放在一旁，沉思道："嗯，对了。"我说话的语气并没有打动他。"对了……您是拍过电报……欢迎您来到我们这儿。"

我发现了什么问题？很简单，正如这位年轻人（他是地主的儿子）在前厅里对我说的，他们已经完全忘记了我要来访，也忘记了昨天早晨收到的电报。我说明来意，客气地说不好意思、打搅他们了，然后便脱下大衣挂在一只挂衣钩上。他带我来到一间小客厅里，看到我们进来，一位青年女郎轻轻啊的惊叫一声，从沙发上站起来。

"这是我妹妹。"

"哦，很高兴认识您。"

的确如此，我很高兴，因为我认为柔弱的女性从来不会对别人造成伤害，甚至不会萌生不良的企图。不过，她伸出的手却是汗津津的。女士伸给男人一只出汗的手，哪儿有这种事？尽管这位淑女有一张颇为迷人的脸蛋，这我倒也说不清。她大汗淋漓、十分冷淡，显得呆滞、懒散、邋遢。

我们在古色古香的红木椅子上坐下，攀谈起来。我的一番客套话开始便遭到暧昧的规避，谈话缺乏本必不可少的流畅，时断时续，甚至陷于停顿。

我说："二位这时候听到有人敲门，想必吃惊不小？"

他们说："敲门？哦，的确……"

我又客气地说:"打搅你们啦,很抱歉。不过,若不是这样我就只好像堂吉诃德那样整夜在田野上游荡啦。哈,哈!"

他们(僵硬、平静,觉得不宜按照惯例笑一笑,算是对我的小笑话做一回应)说:"嗯,无论如何,欢迎您来到这儿。"

怎么回事?这可真有点儿奇怪,他们好像在生我的气,或者是怕我、可怜我,为我感到羞耻……身子楔在扶手椅子里,他们躲避我的视线,彼此间瞧也不瞧一眼,只是十分恼怒而又勉为其难地陪着我。他们似乎一门心思只放在自己身上,自始至终什么事也不做,只是唯恐我会说出什么伤害他们的感情的话来,简直怕得发抖。这使我很恼火。他们究竟怕什么?我又有什么可怕的?这样接待客人究竟是什么意思?是摆贵族的派头、出于惧怕还是妄自尊大呢?待问起我这次出行意欲拜访的K先生,哥哥瞧瞧妹妹,妹妹瞧瞧哥哥,那样子似乎是要让对方先张口。最后还是做哥哥的先咽下一口唾沫,好像只有天晓得K先生的下落,这才十分明确而又严肃地说:"他倒是在家。"

他那副架势就像是在说:"我父亲国王陛下在家!"

晚饭也吃得稀奇古怪。一道道菜肴上得毫无章法，这既是以轻蔑的态度对待食物也是对我表示蔑视。我饿了，便有滋有味地匆匆吞下上帝赐予的食物，这似乎令那个表情严肃的男仆什切潘反感，更不用提那沉默寡言的兄妹俩了。他们一直在倾听我吃东西时发出的声音。你知道，有人在一旁聆听会使吃饭的人觉得吞咽困难。我不想发出声响，但是事与愿违，每一口咽下喉咙的东西都会发出令人厌恶的啪哒啪哒的响声。哥哥名叫安东尼，妹妹叫塞西莉亚。

我突然抬起头来。谁进屋来了？是一位退位的女王？不是，是那位母亲，K夫人。她不声不响地走进来，把冰凉的手伸给我。她低头看了一眼，不失威严地流露出一丝诧异的神色，随后便一言不发地坐下来。她是一个身体结实的妇人，矮个儿，还有点儿肥胖，是那种旧时的乡下主妇，严格遵守所有的准则，尤其是人际交往方面。她严厉地盯着我，表现出十二万分的惊讶，好像我脸上写着一句下流话似的。塞西莉亚做了一个手势，试图解释或说明什么，但是她的手骤然停在半空中不动了。气氛变得更沉闷、更不自然。

"先生，这次……徒劳无功的出行一定使您非常不愉快吧。"K夫人突然这样说。语气如何？是受到冒犯的语气、是一位受到怠慢、未得到充分礼遇的女王的语气,仿佛吃炸肉片的行为已经构成了叛国罪!

"贵府上的炸肉片做得好吃极啦!"我恼怒地回答道。不知不觉之中我变得越来越粗俗、愚蠢、惶惶不安。

"炸肉片,炸肉片……"

"安东尼还没有来得及说什么呢,妈妈。"羞涩的塞西莉亚平时像只耗子一样不声不响,这时却脱口而出,马上接了这么一句。

"那又是怎么回事?他什么都没有说?怎么回事?你什么都没有说?你仍旧什么都没有说?"

"妈妈,说了又有什么用呢?"安东尼低声说,脸色变得苍白。他紧咬牙关,好像马上就要坐到牙科医生的治疗椅上去。

"安东尼……"

"可是……有什么用?没有意义……没有用的。要说无论什么时间都可以说。"说完这句话他便不吭声了。

"安东尼,你怎么能这样……这样说呢……没有用……你这是什么意思,安东尼?"

"这不关别人的事……说也是白说……"

"我可怜的孩子!"他母亲小声嘟哝道,一面抚弄他的头发,他粗鲁地把她的手拨开。于是她干巴巴地对我说:"我丈夫今晚去世了。"

什么!他死了?这就是了!我不吃了,把刀叉放在一边,匆匆吞下嘴里的那一口食物。怎么会这样?就在昨天,他还去车站取过电报!我瞧着他们,他们三个人审慎、庄重地等待着,板着脸、毫无表情,嘴唇紧紧抿着。他们就这样僵直地等待着。他们在等什么?哦,对了,我必须表示一番吊慰之意才算得体!

噩耗来得这么突然,起初令我大惊失色。我窘迫不安,起身含混地咕哝道:"我很难过……非常难过……请原谅。"说完我便陷入沉默,但是他们仍不作答,他们觉得这仍旧太不够意思。他们一言不发地站在那儿,目光低垂,脸上毫无表情,衣衫不整。安东尼没有刮脸,两个女人蓬头垢面、指甲缝里污秽不堪。我清清嗓子,慌乱中朝四下里看看,想找一句适当的话作开场白,想措辞得体。可惜,您能想象得到,那时我脑子里恰好是一片空白、一片空荡荡的不毛之地,而他们正沉浸在悲痛之中,正在等我开口。他们等着,目不斜视:安东尼用指节轻轻叩击桌面,塞西莉亚羞怯地拉扯脏兮兮的裙边，那位母亲则一动不动地伫立在那里，好像变成了石头人儿似的，脸上带着那副主妇特有的严厉、固执己见的神情。虽然我作为预审法官一生中处理过几百桩命案，我仍然产生了一种不愉快的感觉。然而……我该怎么说呢？被子下面覆盖的被谋杀的丑陋死人是一回事；自然死亡、庄严肃穆地躺在那里的一位可敬人士是另一回事。死于非命是一回事；死得其所，也就是说受人敬重、礼仪周全、庄重显赫的死是另一回事。不。我要再说一遍，若是他们一开始就把一切都告诉我，我根本就不会觉得这样窘迫。可是他们过于局促不安、过于惧怕。我不知道这是不是因为我是一个外人，或者他们在这种情况下由于我的官方身份、因为某种事实真相而感到羞愧。在这个职位上多年的实际经验培养了我得以窥见这类真相的能力。不知何故，他们感受到的羞愧也令我觉得万分羞愧，确切地说是与我的身份不相称的羞愧。

我结结巴巴地说了几句对死者早就深怀敬意、不胜向往之至一类的话。我想起自从毕业以后我就再也没有见到过他，而他的家人大概也知道这一点，便又补充一句："在学校读书时。"他们仍然一言不发，而我却应该住口、应该想法结束这篇讲演了。再也找不到别的话说,我便问:"我能瞻仰一下遗体①吗?"不知怎么搞的,"遗体"这个词儿听起来似乎非常不合时宜。我的狼狈相显然平息了那位寡妇的怨气,她悲伤地哭开了,还把手伸给我。我谦恭地亲吻了一下。

她懵懵懂懂地说:"今夜……今夜,我早上起身……走进……不是,是呼唤伊格纳西,伊格纳西。没有什么,他躺在那儿……我昏过去了……昏过去了……从那时起我的手就不住地发抖。您瞧瞧!"

"妈妈,说这些又有什么用?"

"发抖……不住地抖。"说着她抬起手臂。

"妈妈。"安东尼在一旁小声道。

"发抖,发抖……一双手自己在抖。您瞧,抖得像白杨树叶子……"

"这不关别人的事……不关别人的事……结果总是一样的。可耻!"安东尼突然残酷地这样说,然后猛地转身走开了。

---

① 叙事者在此用了一个古典的词。

"安东尼！"他母亲惊恐地喊道，"塞西莉亚，你跟着他……"我仍站在那里盯着那一双发抖的手，一句话也说不出来，觉得自己如堕五里雾之中，益发局促不安。

这时寡妇突然柔声道："先生，您想去……那么我们走吧……上楼去……我来领路好了。"时至今日，冷静地回顾这件事，我想当时我其实有权安排自己的活动，有权接着吃炸肉片。我本可以也应当这样回答她："悉听尊便，不过我要先吃完那盘炸肉片，从中午起我就没有吃过东西。"如果我真的这样对她说，许多可悲的事情本来是完全可以避免发生的。但是她吓得我魂不附体，我自己以及我的炸肉片都成为俗不可耐、不值一提的东西了。那又怎能怪我呢？当时我猛然间体会一种奇耻大辱，时至今日，每当想起那一番羞辱我都会情不自禁地脸红。

死者的遗体停放在二楼，上楼的途中她低声自言自语道："真是祸从天降……打击，可怕的打击……孩子们不说什么。他们为自己的家庭感到自豪，体验到生活的艰辛，又不愿把家里的事张扬出去。他们不想随便向什么人倾吐衷肠，宁愿把烦恼留给自己，哪怕是心如火焚。他们还要照料我，照料我……唉，但愿安东尼别伤害自己！他很坚强，几乎到了冷酷无情的地步,甚至不能容忍我的手发抖。他不准人碰遗体,可是总得有人出面承办丧事、做出安排。他没有哭,一声也没有哭……唉,他哪怕哭一声也好啊!"

她推开一扇门,站在一边,一动不动,庄严肃穆,像是在让我瞻仰圣餐供品。

我只得低垂着头跪下,脸上做出悲痛的表情。

死者停放在床上,他就是在这张床上死去的,唯一不同的一点是,待他死后别人把他摆放成仰卧的姿态。那张肿胀、青紫色的脸表明他是因窒息而死的,心脏病人发病时通常都有这种症状。

"是被扼死的。"我小声道,虽然我很清楚死因是心脏病突发。

"是心脏,先生,是心脏……他死于心力衰竭……"

"是啊,有时候心脏是能扼死人的……扼死……嗯,能扼死人的……"我阴阳怪气地说。她仍站着等我,于是我先划了一个十字,又背诵了一段祈祷文(她仍站着),然后轻声道:"多么高贵的面容啊!"

她的双手抖得那么厉害,或许我应该再亲吻它们一回。但是她整个人纹丝不动,毫无反应,像一棵柏树般伫立在那里，悲伤地凝视墙上某个地方。她这样站得越久，我若不想稍稍表示一番同情就越不容易。这是全社会共同遵守的社交礼仪的要求，无法逃避。我站起来，多此一举地拂去落在衣服上的一星半点的灰尘，轻轻咳嗽一声，在此过程中她仍站在那里，衣服皱巴巴的，邋里邋遢的。她就这样默默地伫立着，情深意长，却又像尼俄伯①那样目光呆滞地冷眼旁观，思绪回到对往事的追忆之中。她的鼻子尖上渗出一小滴汗，不停地滚来滚去，像达摩克利斯头顶上悬挂的那柄利剑。屋里的蜡烛散发出一道青烟。过了几分钟，我试图轻声说点儿什么，她却闻声一跃而起，像是被什么虫子咬了一口。她朝前走了几步，然后又站住。于是我再次跪下来。真是令人难以忍受的局面！真叫我这样一个感情细腻又十分敏感的人左右为难。我不怪她故意害我，但是谁也无法否认她的行为中确实含有恶意。谁也无法叫我相信她没有恶意！或许她是无心的，但是她的确带着恶意在厚颜无耻地嘲弄我瞅着她和那具尸体痴笑的傻样。

我跪在距尸体仅两步之遥的地方，这是我第一回遇到一

---

① 希腊神话中底比斯王安菲翁的王后。她夸耀自己子女多，惹来灾祸，十四个子女因此全被阿波罗射死。她悲伤不已，整天哭泣，因此被宙斯变成石像。

具我无权触碰的尸首。我无聊地看着它躺在那里，被子平平展展地盖到腋下，双手小心翼翼地交叉放在胸前被子上，床脚前摆着几盆花，死者的脸陷进凹下去的枕头里。我先看看花儿，再仔细端详死者的脸。奇怪的是我的脑子里一片空白，只有一个强迫性的想法，即眼前看到的只是一出事先排练好的戏而已。一切都是经过幕后安排的。死者显得傲慢、可望不可及，虽然他闭上了眼，却仍像在超然地凝望天花板。那位悲痛万分的寡妇就站在他身边，再就是我这位预审法官了，跪着，活像一条被人套上口络的下贱的狗。"若是有人起身走过去揭开被子看一看，只要能碰一下，用指尖碰一下。"我作如是想，但是死亡带来的以诚相待的庄严念头像钉子似的把我钉在那里，悲伤和良知不容许我亵渎死者。走开！不许这样！不可动手！跪下！我慢慢思忖："这是怎么回事？这一出戏是谁导演的？我只是一个凡夫俗子，不适合表演这类节目……我可不愿出什么主意……这个恶魔！"我突发奇想："真是胡闹！我是从哪里学来这一套的？我是在演戏吗？这一套虚伪做作的玩意儿我是从哪儿学来的？总的说来我同他们毕竟根本不是一类人。我受他们影响了吗？怎么回事？自从来到这儿以后我的一言一行、一举一动都变得虚伪、装腔作势，像一个夸张的演员在表演。我在这家人的宅子里完全变成了另一个人，在拙劣地演戏。"

"哼，"我又摆出戏台上的姿势（好像已入戏，无法回到现实生活中来）低语道，"我可不出什么主意……我可不出什么主意让人把我变成魔鬼，或许我会乐于接受他们的邀请……"这时那位寡妇擦了擦鼻子朝门口走去，嘴里兀自说着什么，一面清嗓子、挥舞胳膊。

总算回到了自己的房间。我解下衣领，不把它放在桌上，而是掷在地上不断用脚踩。我的脸扭歪了，涨得通红；我死死紧握拳头，用的力气之大连我自己也想不到。我简直气疯了，压低嗓音说："他们取笑我，那个疯婆娘……他们精心策划好了一切。他们要我向他们顶礼膜拜，还亲吻他们的手！他们要我表现出仁爱！仁爱！他们要我按照礼仪行事！"可是我要说明我憎恶那一套。我要说明我的憎恨是她借发抖逼出来的，逼我亲吻他们的手、强迫我念祈祷文、要我下跪、叫我违心地说些言不由衷却又多愁善感的话。但我最恨的还是眼泪、叹息和她鼻子尖上那一小滴滚来滚去的汗，我喜欢清洁有序。

"哼。"沉思了一会儿，我清清嗓子。这次语调不同，谨慎小心,而且带有试探性。"是她们威逼我亲吻她们的手?我倒是该亲吻她们的脚。不是很清楚吗?与死者的尊严以及家族的悲哀相比,我算什么……什么也不是,只不过是一个俗不可耐、没有灵魂的警探。我的本性昭然若揭了。不过……哼……我说不上(他们)是不是操之过急,哼,若是换了我,我会稍微……小心一点……稍微……谦和一点。也许他们应当对我的卑劣品质有所估计,即使不是私人生活方面的……那么……那么……至少也是公务活动方面的。他们恰恰忘记了这一点。我毕竟是一位预审法官,而且这儿毕竟有一具尸体。尸体与预审法官总算是一对相互协调的概念,虽说不那么清白无辜。"我慢悠悠地想道:"比方说,如果我以一个……嗯……预审法官的立场观察这一连串事件,我会有何种发现?"

事情是这样的:有客人造访,他恰好是一位预审法官。他们不派马车接他、不给他开门。总之,他们给他制造麻烦。可见有人极不愿让他进门。后来他们很勉强地接待了他,但是掩盖不住心中的怒气和恐慌。一位预审法官会令什么人惧怕、会令什么人怒火中烧呢?他们有什么事瞒着他、躲着他,最后他发现他们隐藏的是……一个死人,楼上房间里一个因窒息而死去的人。令人作呕！死尸暴露后他们又诡称此人是自然死亡，想方设法逼他跪在地上、亲吻他们的手。

那些认为我的看法站不住脚、甚至荒唐可笑的人不该忘记，刚才我在盛怒之下踩坏了自己的衣领。（老实说，谁又能牵强附会到那种田地呢？）他们冒犯了我，我的态度不再那么公正，我的洞察力也不再那么敏锐。显然我已约束不住自己，不免会做出一些蠢事。

我直瞪瞪地望着前方，严肃地说："事情有些蹊跷。"

于是我充分发挥自己的聪明才智，把一连串事件联系起来，用三段论法演绎推理。我把所有的线索归纳到一起，寻找间接证据。我一无所获，于是很快就疲倦了、睡着了。"对啦，对啦……无论如何死者的尊严理应得到尊重，而且谁也不能说我没有向他表示恰如其分的敬意。不过话说回来，并不是所有的死者都具有同等尊严的。我若是他们，在这里的事情得到澄清之前我不会那么自信。特别是这个案子有不少疑点，棘手而且又令人捉摸不定……哼……哼……我还算是那些事情的见证人呢。"

第二天早晨，正靠在床上喝咖啡，我注意到那个矮胖的

昏昏欲睡的年轻男仆不时用好奇的眼光打量我,他正在添炉子。他当然知道我是谁,于是我同他攀谈起来:

"你的东家死了?"

"死了。"

"这里有多少仆人?"

"若不算我就是什切潘和厨子,法官先生。算上我就是三个人。"

"东家死在楼上哪个房间里?"

"死在楼上。"他漫不经心地说,往炉子里添柴,鼓起肥嘟嘟的腮帮子吹火。

"你们几个睡在哪里?"

他不再吹火,只是望着我,这一次目光犀利。

"什切潘和厨子睡在厨房隔壁的房间里,我睡在餐具室里。"

"你是说,什切潘和厨子要想从睡觉的地方进其他房间就必须穿过餐具室?"我故作不经意地问。

"没有别的路。"他回答说,以异常锐利的目光望着我。

"女主人呢,她睡在哪儿?"

"女主人原先同东家睡在一起,如今睡在东家隔壁的房间里。"

"自从东家死去以后?"

"不,她早就搬出去了,大概在一星期前。"

"你不知道女主人为什么要搬出东家的房间?"

"我怎么会知道……"

我问他最后一个问题:

"那么少东家睡在哪儿呢?"

"楼下,餐厅隔壁。"

我起身仔细穿好衣服。哼……哼……这么说,如果我没有搞错,还有一件更能说明问题的证据呢,是一个有趣的细节。人们会想,做妻子的为何要在丈夫去世前一星期搬出主人房。她会不会是担心自己也染上心脏病呢?至少我们可以说那是担忧过度。草率做出的结论必然会导致轻举妄动。我下楼来到餐厅,那位寡妇正站在窗前,双手紧扣在一起,瞪着咖啡杯。她手里还捏着一块湿手帕,嘴里声调平板地低声念叨着什么,同时狂热地摇头。待我走近,她突然开始循着远离我而去的方向绕着餐桌兜圈子,嘴里仍是叽叽咕咕说个不停,还挥舞着一只胳膊,看起来像是精神不大正常。幸好,我已从昨天的失衡状态中恢复过来。我站在一边,耐心地等她最终注意到我。

看到我冲着她鞠躬,她不假思索地脱口而出:"呀,先生!再见,再见,您真好……"

我小声道:"对不起,我……我……还不走呢。我想再待一会儿……"

"哦,是您呀,先生……"她这样说,顺便提到运走尸体的事,甚至还虚弱无力地问我,"您愿意留下参加葬礼吗?"

我虔诚地回答道:"我认为那是莫大的荣幸。"谁会拒绝为死者举行最后的安葬祈祷呢?准许我再看死者一眼吗?她并不搭腔,也不回头看我是不是跟在她身后,她踏上了吱吱作响的楼梯。

跪下为死者祈祷后我马上站起来。仿佛是在沉思冥想生与死之谜。我朝四处望了望,自言自语道:"真奇怪!很有意思!"从外表看,此人无疑是自然死亡的。他的脸肿胀起来,呈青紫色,就像被扼死的人那样,但是从死者身上、从房间里的情形看不出他曾遭受过虐待。人们真的会想当然地认为他安详地死于心脏病发作。可我没有顾忌这些,我出乎意料地来到床边,用手指触摸了一下死者的颈部。

这一小小的举动犹如晴天霹雳，令这个寡妇吃惊不小。她惊跳起来。

"您是怎么回事？"她嚷道，"您要干什么？您要干什么？"

"可怜的夫人，别这样烦恼。"说完我便不再讲究繁文缛节，我仔细检查了死者的颈部以及整个房间。在一定程度上礼仪是可取的，不过一旦有必要做一番细致的检查，而礼仪又会碍事儿，我们就不必完全受它束缚。咦！死者的身体、小柜顶、衣橱后面以及床前的小地毯上都找不到蛛丝马迹，唯一值得注意的东西是一只死去的大蟑螂。倒是寡妇脸上显露出疑点，她一动不动地站着看我干活，一副茫然的恐怖神情。

于是我十分慎重地问道："嗯，一星期前您是不是住进了女儿的房间？"

"我？哦，我？为什么换房？您怎么……我儿子劝过我……那样新鲜空气会多些。我丈夫夜里经常喘不过气来……可您为什么要……您现在为什么要这样做？您是……"

"请原谅……对不起，不过……"我意味深长地不再说下去。

她表示理解,好像突然领悟到,眼前这个正同她说话的人具有官方身份。

"话说回来……怎么会这样?毕竟,毕竟,您……您没有看出什么来?"

这句话清楚表明她害怕了。我清了清嗓子才回答她。

我冷淡地说:"即便可能是这样,我还是想问您……我记得您说过运走尸体的事……那么我必须要求您在明天早晨之前不要动它。"

"啊,伊格纳西!"她喊道。

"就是这样。"

"啊,伊格纳西!怎么能这样?不可能,做不到。"说着她迟钝地瞥了尸体一眼,又喊道,"啊,伊格纳西!"

真有意思!她的话才讲了一半就停下不说了,僵硬地站在那儿。她狠狠瞪我一眼,非常不愉快地出去了。问题是:为什么要生气呢?若是妻子没有参与阴谋,丈夫的非自然死亡会使她不愉快吗?非自然死亡,这又有什么令人恼怒的?对于凶手这也许是一件恼火的事,但是死者和他的至爱亲朋也许不会感觉到这一点吧?眼下我有更紧迫的事情要做,顾不上提出这类不言而喻的问题。停尸房里只剩我一个人了,我又开始仔细验尸。干得越久，我脸上的惊愕表情便越明显。我小声道："居然什么也找不到。除了小柜子后面的蟑螂什么也没有。"人们真的会认为没有理由进一步采取行动。

哈！问题就出在这里！睡在床上的死者雄辩而明确地昭示老练的侦探他是因心脏病发作正常去世的。马车、敌意、恐惧心理，还有那些遮遮掩掩的把戏——所有的迹象都表明发生了一件蹊跷的事情，而死人却仰望着天花板宣称：我死于心脏衰竭！这是肉体和医学上的客观实在，是确实曾发生的事情。谁也不会基于他根本不是死于谋杀这一简单、证据确凿的理由去谋杀他。我必须承认，到了这一步我的同事们大多会中止对死因的调查。可是我不会！我已经表现得过于荒唐可笑、报复心过重，已经欲罢不能。我竖起一根指头，皱起眉头道："先生们，罪行不是自行发生的，罪行必定先经过大脑策划、构思。不会有人自动把一把尚在冒烟的手枪放在托盘上捧来献给你们的。"

我精明地说："虽然所有的迹象都表明这不是犯罪，让我们还是多动动脑子，别被表面现象所迷惑。相反，如果逻辑推理、合理的判断，直至充分的证据都对罪犯有利，而表面现象却于他不利，就让我们信赖这些表面现象好了，别让逻辑推理和证据嘲笑我们。就这样吧……"可是不管这些表面现象是否存在，正如陀思妥耶夫斯基所说，没有兔子你怎能端上一盘烤野兔肉来呢？我瞧瞧尸体，那具尸体却直瞪瞪地望着天花板，它的颈部没有伤痕，表明其亲人清白无辜。难点就在这里！难就难在这里！不过，假如无法搬开障碍物，我们也就只好跳过去！如果我乐意，我可以把那个人模人样、无生命的物件一把抓在手里，难道那张冷冰冰的面孔真的能同我灵活多变、在各种场合下能应付自如地做出恰当表情的面容对抗吗？死者的容颜没有变化，平静，只是脸庞有点儿浮肿，而我的脸上却表现出阴沉的狡猾、愚蠢的自负和自信，好像在说："我是一个老手，决不能受人愚弄。"

"对啦。"我庄重地说，"他被人扼死的，这是显而易见的事实。"

一位含糊其词的辩护律师也许会提出此人或许是因心脏病发作窒息而死的？哼，哼……别在我们面前说这些模棱两可的话来遮掩。心脏是一个意义很广的词儿，甚至带有象征寓意。读一则犯罪新闻时，谁会想到接受宽慰人的说法，即什么事儿都没有，是心脏使人窒息而死的？对不起，谁的心脏？我们都知道心脏是多么复杂、多么令人捉摸不定。嗯，心脏是一个能装进很多东西的旅行袋，其中有杀人凶手冷酷的心、放浪形骸者灰白的心、情妇忠诚的心，还有热情澎湃的心、忘恩负义的心、妒忌多疑的心、嫉妒他人的心，不一而足。

被踩烂的蟑螂似乎与罪行没有什么直接联系。目前有一件事是已经确定的，即他的确是被人扼死的，而且死因是凶手扼住颈子引发了心脏病。考虑到死者身上没有外伤，还可以断言这种勒杀手法是典型地作用于死者身体内部的。是了。就这些……没有别的——作用于身体内部而且引发了心脏病。不过不要过早地下结论，最好还是在这所房子里稍微四处走走。

我回到楼下。走进起居室时，我听见有人轻盈地快速疾走。也许是塞西莉亚·K小姐？嗨，小姐，逃跑也没有用，真相终究会大白于天下！经过餐厅时，正在摆放餐具的仆人们鬼鬼祟祟地望着我，我斗胆慢悠悠地走进其他几个房间。瞥见安东尼·K先生的背影在门口消失。我默默想道："说起身体内部的病因、心脏病致死，你必须承认这所老房子是最好不过的场所。严格地说，这里并没有明显叫人联想到犯罪的东西。不过……"我用力吸了口气。"不过，人们显得惶惶不安。这里的气氛中有某种气味、某种很特别的气味，是那种敝帚自珍的、只要是自己的便可以忍受的气味，比如汗味儿。我认为汗味儿是能够唤起家庭温情的气味……"我一面嗅着四周的空气一面记下某些细节，虽然这些细节不起眼，却也并非全然没有意义，诸如已晒得发白的黄色窗帘、手工刺绣的枕套、许多张艺术摄影和人物肖像、椅子上一代又一代家族成员的臀部留下的印记……此外还有一张白色格纸上只写了一半便丢弃的信、摆放在客厅窗台的餐刀上残留的一小块黄油、小柜上的一瓶药、炉子后面的一根蓝丝带、蜘蛛网、众多的衣柜。它们都散发出种种陈腐的气味……这一切制造出一种特别亲切和十分诚挚的气氛。心灵在这儿处处可找到滋养物。是了，心灵可以沉溺于陈腐的黄油、镶花边的窗帘、丝带、种种气味之中。（我评论道："面包使人身不由己。"）如此看来，我们必须承认这家人需要"藏着掖着"的东西尤其不少。填塞窗户缝的棉花以及摆在那只有缺口的茶托上的干巴巴的灭蝇药均表明这一点，那块灭蝇药还是夏天里遗留下来的。

  为了不叫他们说出这类话来，我极渴望得到某种心灵的引导。我将其他各种可能发生的情况置于一旁，不辞辛苦地去核实是否真的除了穿过餐具室便无法从仆人们睡觉的地方来到主人的住处。我证实情况的确如此，还走到户外，冒着湿乎乎的雪，故作悠闲地绕着房子漫步。夜间谁也无法穿过大门或由装有坚固的百叶窗的窗口闯进房里。由此可以推论：如果夜间有人在这里施暴，有嫌疑的人只能是那个青年男仆斯蒂芬，他睡在餐具室里。我意味深长地说："对啦，准是那个青年男仆斯蒂芬。除了他不会是别人，他的邪恶目光愈加表明的确如此。"

说完，我竖起耳朵留神倾听。从一扇半开的小窗子里传出一个人的说话声，同我不久前听到的全然不同。她的声调十分欢悦、充满希望，不再是一个惆怅的王后的声音，而是饱受恐怖、焦虑折磨，颤抖、虚弱、娇柔，听了令我精神为之一振，似乎是要强迫我做什么事。"塞西莉亚，塞西莉亚……留神……他走了吗？留神！身子别向前倾，别向前倾。他能看到你的！他会闯进来四处瞧瞧。你把那块布收起来了吗？他在找什么？他看见什么啦？唉，伊格纳西！上帝呀，他看那个炉子做什么？他想在那个小柜子上找什么？哎呀，太讨厌啦，他在家里四处乱窜！我不在乎自己，他爱拿我怎样就怎样好啦。可是安东尼呢，安东尼不吃这一套。他觉得这是亵渎的做法!我告诉他时他的脸色白得可怕。唉,我担心他的体力不支呢。"

可以认为罪行已经通过调查得到证实。如果犯罪来自家庭内部(我继续作如是想),我必须坦承决不能认为是亲人作案,也许是那个年轻的仆人谋财害命。自杀是另一码事,不过有人自杀后家人秘而不宣则又该另当别论。或是儿子杀老子,不管怎么说,骨肉相残也是常有的事。至于那只蟑螂嘛,一定是杀人凶犯杀得性起,一并把它也弄死了。

脑子里飞快地转着这些念头,我点燃一支香烟在书房里坐下,这时安东尼·K先生突然闯进来。看到我在那里,他跟我打了声招呼,不过他比第一次见面时谦和一些,甚至显得有点儿沮丧。

我开口道:"您的家很漂亮,又那么宁静、可亲,真是儿女们的乐园,十分温馨……它令我想起了童年,想起了我的母亲,穿着睡袍的母亲、咬过的手指甲、没有手帕用……"

"家?家当然是这样的……家里有老鼠。不过问题不在这儿。妈妈告诉我说——人们说您……就是说……"

"对付老鼠我知道一个很灵验的法子,'灭鼠灵'。"

"哦！还有……？"

"嗯，我真该更有力地收拾它们……要下大得多的气力……据说今早您去看……看了我父亲……请原谅，应该说是他的遗体……"

"是的。"

"哦！那……？"

"那？那又怎样？"

"据说您……在那儿有所发现……"

"嗯，是啊。我发现了一只死蟑螂。"

"那儿死蟑螂很多……我是说——只有死蟑螂……我是说——蟑螂……没有死的。"

"您非常爱您的父亲？"我问道，拿起摆在桌上的一本摄影作品集，里面有克拉科①的风景。

这个问题显然叫他措手不及，他没有思想准备。于是他低头不语、扭头去看别处，先咽下一口唾沫，才低声以无以名状的拘谨态度、甚至是反感情绪咕哝道："就算是爱吧……"

---

① 波兰南部的一个城市，位于华沙东南偏南部，建于公元8世纪，在1305年到1595年间曾作为首都。

"就算是爱?那就是说不很爱喽。算是爱!就是这样?"

"先生,您问这个干什么?"他质问道,说话的声音像是喘不过气来。

"您又为什么要这么激动呢?"我同情地说,像慈父般地俯首凝望着他,手里仍捧着那本摄影作品集。

"我?我激动?您、您怎能……这么说?"

"此刻您的脸色怎么发白啦?"

"我?我的脸发白?"

"好啦,好啦!您在偷偷打量我……您的话没有说完……您在瞎扯些老鼠、蟑螂之类的废话……您的嗓门儿一会儿太高、一会儿又太低,不是嘶哑就是太尖细,叫人觉得十分刺耳……"接着我又一本正经地说,"您打手势时也表现得非常紧张……总而言之,您整体上显得紧张、激动不安。为什么会这样呢,年轻人?出自真心地哀悼死者不是更好些吗?哼……您爱他……算是爱!可是一个星期以前您为什么要让您母亲从您父亲的卧室里搬走呢?"

我的话使他完全不知所措,他不敢挪动胳膊和腿,只是气喘吁吁地说:"我?怎么会呢?父亲……父亲需要呼吸……新鲜空气……"

"在他病危的那天夜里,您是睡在楼下自己的房间里吗?"

"我?当然。在房里……在楼下的房间里……"

我清清嗓子,下楼回到我的住处。他仍坐在那把小椅子上,双手摆放在膝上,紧闭着嘴,两条腿并在一起,僵硬地伸出来。哼,显然他是一个神经过敏的人。精神紧张、容易害羞、感情特别细腻、心灵的感受特别敏锐……不过我仍旧控制得住自己的情绪,我不想过早地吓着什么人、搞糟什么事。我正在屋里洗手,准备去吃饭,那个青年男仆斯蒂芬溜进来问我是否需要什么东西。看起来他就像换了一个人!他的目光飘忽不定,一举一动都表现出奴性的狡诈,而且处于极度亢奋的精神状态之中。我问道:"哎,你有什么新的情况要告诉我吗?"

他立即不假思索地说:"前天晚上,法官大人问我是不是睡在餐具室里。我要告诉大人,那天晚上,傍晚时分,少东家锁上了从餐厅到餐具室的门。"

我问:"以前他不锁这扇门吗?"

"不,从不,他只锁过这一回。我寻思他准是以为我睡着了,那会儿时辰都不早啦。可我还没有睡着呢,我听见他走过去闩上门。他是什么时候打开门的,我说不上,我睡着啦。天亮了他才叫醒我,说东家死了。可是那会儿门已经打开了。"

如此说来,出于某些没有说明的原因,死者的儿子在夜间锁上了餐厅通往餐具室的门!他锁上了通往餐具室的门?他这样做用意何在?

"法官大人,别说是我告诉你的。"

看来我说这个人死于家人之手并非空穴来风!大门是锁着的,外人根本进不来!网正在收紧,看得越来越清楚,套在凶手脖子上的绞索收得越来越紧。可我为何只是傻乎乎地笑,却不展示胜利成果?唉,那是因为我必须承认自己还缺少一件与套在凶手脖子上的绞索一样重要的物证,那就是套在死者脖子上的绳索。的确,我已跨越了那一障碍,我也曾天真地俯身于那光洁、白皙的颈子上。毕竟,一个人无法穿越永恒、始终处于不受激情支配的境地。好,我承认(附带说一句)我当时很恼怒。出于某种原因,憎恨、厌恶、不满使我丧失了判断力,驱使我坚持十分荒谬的判断,即那是符合人性、人人都会理解的事情。不过我静下心来的那一刻终究会到来,那就是《圣经》上所说的最后审判日终究会来临。到那时……嗯……我会说:"此人是杀人犯。"于是那一具尸体自己会说:"我死于心力衰竭。"那时会怎样呢?那位最高审判官又会怎么说?

让我们假设上帝会问:"你认为此人是被谋杀的?有证据吗?"

我就回答说:"大人,他的家人,妻子和子女,尤其是他的儿子,举止可疑,表现得就像是他们杀害了他似的。这是一件不须再争辩的事情。"

"好啊,可是他事实上不是被谋杀的,又怎能说是被谋杀的呢?法医们的报告非常确定地说明他只不过是死于心脏病发作,你又怎能说是被谋杀的呢?"

紧接着辩护律师会起身发表长篇大论,他是一个唯利是图的讼棍。他来回甩动长袍的袖子,论证说这是我的卑鄙想法造成的误解,说我把犯罪与对死者的哀悼混为一谈,因为我认为某些举动是心中有鬼的征兆。其实那只不过是惧怕表现自己的感情而已,他们只是回避在与陌生人冷冰冰的谈话中涉及对死去亲人的眷恋之情。这样不免又遇到那个令人难以回避的讨厌话题:既然他事实上不是被谋杀的,他又是如何奇迹般地遇害的?况且,在他身上找不到一丁点儿被人掐死的迹象。

这个难以自圆其说的矛盾令我十分恼怒,所以吃饭时我设法着手证明犯罪的本质不是肉体的,而是具有超凡的心理气质。我这样做只是为自己着想,意在消除不快、替自己的疑心捞稻草,除此之外再也没有别的动机。如果我没有记错,除了我以外谁也没有讲话。安东尼·K先生一言不发,我不知道他是否像前一天晚上那样,认为我根本不值得他搭理,或是担心他一张口便会暴露略微有点嘶哑的嗓音。那位寡母像罗马教皇似的正襟危坐,她显得像是受到了莫大的侮辱,双手在发抖,却又努力不让人看出来。塞西莉亚·K小姐平静地咽下仍很烫的汤汁。受刚刚提及的动机驱使,我口若悬河地详尽解释了自己的观点,却没有意识到这番话很不得体,也没有感觉到周围的紧张气氛。

"请你们相信我,女士们先生们,犯罪行为的物质形态全是次要的细节,比如遭受过暴力蹂躏的肉体啦凌乱的房间啦,以及一切所谓的蛛丝马迹。严格地说,那些东西对于罪行本身都是可有可无的,都是法庭上才用得着的繁文缛节。就像杀人犯朝法官大人们鞠躬一样,没有什么意义。犯罪一向是灵魂深处的行为。表面的细节嘛……我的上帝呀!在此我只说说这样一桩意外事故：天晓得是出于什么动机，一位侄儿突然把一根老式的帽针戳进了他叔叔的后背，而正是这位叔叔兼恩人三十年来给了他不知多少关爱……你们瞧，这样一桩心理型的滔天大罪不过只留下了这么一点儿难以察觉的痕迹，只是一根帽针在脊背上留下的极微小的一个洞而已。这位侄儿后来为自己开脱，说他当时心不在焉，竟然错把叔叔的后背当成了堂姐的帽子。谁会信他的话？

"是啊，是啊，从物质形态上说犯罪是一桩小事，在精神方面它才是棘手的。人的身体是特别脆弱的，所以一个凶手可以像那个侄儿一样利用意外事故杀人。他只是心不在焉，猛然间砰的一声响，一个人倒在地上了。谁也不知道声音是从哪儿发出来的。

"某个十分可敬的女人深深地爱着她的夫君，他们度蜜月时她看到丈夫的水果盘上的黑莓里有一条白色的小虫子，还挺长的。你们要知道，她丈夫最厌恶的就是那些令人讨厌的毛毛虫。她没有告诉他，只是在一旁看着，狡黠地笑道：'你吃下了一条虫子。'

"'没有呀！'吓坏了的丈夫嚷道。

"'真的。'妻子回答道，还描述了这条虫子的样子，白白胖胖的。她哈哈大笑，肆意嘲弄丈夫。丈夫假装生气的样子，高举双手，对妻子的恶毒深深感到伤心。他们随后便忘记了此事。一两个星期以后，妻子很吃惊地发现丈夫的体重减轻了，人憔悴了，吃什么吐什么，厌恶自己的手和腿。（请原谅我这样说，女士们先生们。）起初他只是时断时续地呕吐，后来吐起来没完没了。他越来越厌恶自己的身子，真是一种可怕的病！后来有一天他哭得一把鼻涕一把泪的，发出揪心的呻吟声，以后突然死掉了。他吐得连苦胆都呕出来，最后只剩下脑袋和咽喉，身体的其他部分都被他吐进一只小桶里去啦。那位寡妇悲痛欲绝，只是在严加讯问后人们才弄明白，原来她在最隐秘的内心深处对一条硕大的牛头犬怀着有悖常理的感情，而她丈夫在吃黑莓之前狠狠地打了它一顿。

"还有，在某个贵族之家，儿子企图谋杀母亲，手段是不断地重复'请坐'这句令人厌烦的话。出庭受审时他自始至终装出一副无辜的样子。唉，犯罪实在是一件很容易的事，因此人们不免会对竟有那么多人正常死亡产生怀疑……尤其是当心脏也牵扯进来时。心脏，那个人与人之间的联系纽带，那个你我之间不为人知的曲折沟通渠道，那个升高并吸吮的泵可以轻而易举地先把人的血液抽上去，再美美地吸进去……此后便是服丧的场面、悲哀的面孔、不失尊严的悲痛、死亡的壮美——哈、哈——一切安排都是为了'敬重'悲痛的家人，却无法深入探查他的心，正是这颗心暗中冷血地杀了人！"

像藏身于一把长扫帚后面的老鼠，他们不敢打断我的话！那天夜里他们表现出的傲慢到哪儿去了？寡妇突然间变得脸色煞白，双手颤抖得更厉害了，后来竟扔下餐巾站起来。我平摊双手道："很抱歉，我并不想伤害您的感情。说起心脏、说起很容易藏匿一具死尸的心室，我只是泛泛而谈。"

"你这个卑鄙的东西。"她突然插了一句，她的胸脯剧烈地一起一伏。她的儿女们吃惊地跳起来。

"那扇门！"我喊道，"好，我卑鄙！可是请你们告诉我，那天晚上为什么要锁门？"

没有人吭声。塞西莉亚猛然间紧张不安地痛哭开了，她啜泣着说："那扇门不是妈妈锁上的！是我！是我锁上的！"

"不是这样，闺女。是我吩咐锁门的！你为什么要在这个人面前损害自己呢？"

"是妈妈吩咐的，可我想……我想……我也想到要锁上门。实际上，门是我锁上的。"

于是我说："请等一下……这是怎么回事？（实际上，通往餐具室的门是安东尼锁上的。）咱们谈的究竟是哪一扇门？"

"是通往爸爸卧室的门……是我锁上的！"

"门是我锁的……我不准你再那样说。听见了吗？是我吩咐锁门的！"

"这又是怎么回事？她俩也锁了门？在那个父亲死去的夜里，儿子锁上了通往餐具室的门，而母亲和女儿锁上了去她们房间的门！"

"那么你们为什么要锁门呢，女士们？"我暴烈地紧逼道，"为何平时不锁，偏偏要在那天晚上锁呢？这样做目的何在？"

惊惶失措！哑口无言！他们说不上来！他们全都低着头！像是在演戏。忽然安东尼烦躁不安的声音响起来："你们不害臊吗，这样为自己开脱？而且是在什么人面前？别说了！咱们离开这儿！"

"那么也许您能告诉我，您那天晚上为什么要锁上通往餐具室的门、不让仆人们进屋？"

"我？我锁门？"

"怎么，这么说您并没有锁门？有证人！可以核实这件事！"

又是一阵沉默！众人更加惊慌失措！两个女人惊恐不安地看着我们。最后，像是回想起很久以前发生的某一件事，儿子悄悄地说："门的确是我锁的。"

"为什么？您为什么要锁门？也许是因为屋外有风吧？"

"我无法解释。"他带着一种难以描述的傲慢神情回答我，说完便出去了。

我在自己屋里度过了这天的剩余时间。我没有点燃蜡烛，一直在黑暗中踱来踱去，从房间的一头走到另一头。屋外，黄昏的暮色愈发深沉，一片片积雪在苍茫夜色映衬下显得格外耀眼，宅子四周尽是盘根错节地纠缠在一起的枯树。真是一所古怪的宅子！这是杀人凶犯之家，这所极其可怕的宅子里有一个戴面具的凶残杀手预谋杀人。这是卡人脖子的扼杀者之家。心脏？我立刻明白了那颗滋养得很好的心脏能干出什么事情来，明白那颗在脂肪、黄油以及家庭的温暖滋养下变得肥大的心脏能干出杀害自己父亲的恶行！我明白这一点，只是不愿预先说出来！哼，他们还在沾沾自喜！还指望得到别人的尊敬！或许是爱？他们还是先说说为什么要锁门吧。

可是既然所有的线索都在我手里，我可以一伸手就指出罪犯，我为何还在浪费时间、不采取行动呢？还有一个障碍，就是那个白皙、无人触摸过的脖子。天色越黑，那脖子就越显得白，像室外的白雪似的。显然，尸体周围曾聚集着一群杀人犯。我再次振作起来面对面地攻击那具尸体，乱骂一气，斥责杀人犯。这样做就像是在同一把椅子搏斗。无论我怎样努力地发挥想象力、诉诸直觉、运用逻辑推理，脖子仍是脖子，仍旧十分白皙，仍旧带着那种无生命力的物件特有的执拗。因此，我无计可施，只能把戏继续演下去，出于报复心理对事实视而不见，坚持自己的荒谬看法。如果尸体对此种结果不满意，我就这样等着、等着，天真地企盼罪行也许、也许会像水里的油一样自行暴露、浮出水面。我懒散？是的，不过我的脚步声在整座房子里回响，人人都听得见我在不停地走来走去。只是楼下的那些人一定不会感觉到懒散。

吃晚饭的时间已过，已快到十一点了，我仍待在自己的房间里，仍在不停地咒骂他们，说他们是无赖、罪犯。我洋洋得意，同时也用余下的最后一点气力热切企盼自己的执拗和顽固能够得到补偿，企盼这些努力、这些复杂的面部表情、最终不可抗拒的激情终究会使形势好转。紧张、被逼入绝境的之后事情会自行解决、会出现某种结果，这种结果不再是虚构的，而是一件真实的事情。嗯，我们不能再这样等待下去，我在楼上，他们在楼下。总得有人先采取行动，但是一切都取决于谁先发制人。夜晚既宁静又沉闷，我来到门厅里。楼下静悄悄的，没有一点声音。他们可能在做什么？他们是在按照我设想的那么做吗？那几扇上锁的房门使我大获全胜。他们是否颇有几分心惊胆战？他们是否正在商讨对策？是否在伸长耳朵留神倾听我的脚步声？难道他们的心灵竟如此怠惰，居然想不到事情的结果一定会是这样的？快到午夜时我终于听见有人穿过走廊来敲门。我如释重负地叹了口气："唉。"

"进来。"我喊道。

"请原谅，先生。"安东尼说着坐在我指给他的椅子上。他看起来气色不好，十分苍白，而且看得出来说几句囫囵话不是他的强项。

"您的行为……还有……最近说的那些话……总之，您是什么意思？要么就走……而且立即走……要么告诉我！这简直就是敲诈勒索！"他大声喊道。

我说："您终于开口了。晚啦！再说，您的要求太空泛。您要我说什么呢？好吧，就是这话：令尊被……"

"您说什么？与他有什么关系？"

"……他被人扼死了。"

"扼死了。好嘛。就算是扼死的。"他恼怒地说，同时话里带出一种不可思议的满足。

"您高兴吗，先生？"

"我高兴。"

我停顿了一下又道："您还有问题吗？"

他喊道："不管怎么说，没有人听见喊叫声或是别的什么响动！"

"这是因为，第一：只有您母亲和妹妹睡在附近，她们睡觉前又紧紧锁上了门；第二：罪犯也许一下子就扼死了他……"

"好、好。"他低声道，"好啊。不过等一下，还有一件事：您认为是谁……是谁干的……"

"您是说嫌疑犯,对吗?我怀疑谁?您怎么看?您认为外人能在夜间闯进这样一所锁得严严实实、还有看门人和警觉的狗守卫的房子?我知道您一定会说,狗和看门人都睡着了,而且人们忘记了锁上大门、让它大敞着。对不对?要命的事情居然都碰到一起了?"

"谁也进不来。"他骄傲地说,直挺挺地坐着。看得出来,虽然一动也不动,他瞧不起我,心中对我充满鄙视。

"谁也进不来。"我爽快地附和道,早就在为他的自高自大暗暗高兴,"当然谁也进不来!那么就剩下你们三位和那三个仆人啦。仆人们的通道也切断了,因为您……谁知道是出于什么动机……锁上了通向餐具室的门。也许,您现在就要说您并没有那样做?"

"我做了。"

"可您为什么要锁门呢?目的何在?"

这时他从椅子上跳起来。于是我说:"别演戏啦!"这简短的一句话马上叫他又坐下来。他的怒气被遏制住了,消失在支支吾吾的嗫嚅中。

"是我锁的——我也不知道为什么——只是机械地这样做了。"他费劲地说,小声嘀咕了两遍,"扼死的,是扼死的。"

神经质的性格！他们全家都有很严重的神经质。

"您的母亲和妹妹也……机械地锁上了通向她们卧室的门？（不管怎么说，很难怀疑……是不是？）那么只剩下……您知道只剩下谁。先生，那天晚上只剩下您能随意接近您的父亲。'月亮已经落下，狗也睡着了，但是有人在屋外拍手，就在那边茂密的树林里。'①"

他嚷道："您这番话的意思是……我……我……哈，哈，哈！"

"您哈哈大笑的意思是说，这不是您干的。"我评论道。他尽力吸入几口气，笑声这才虚假地拖着长调子止住了。

"不是您干的？不过，如果是那样，年轻人。请您解释一下：您为什么一滴眼泪也没有流呢？"我更平静地问道。

"眼泪？"

"对啦，眼泪。是您的母亲起初悄悄告诉我的，就在昨天，在楼梯上。做母亲的做出让步、出卖自己的孩子也是常有的事。就在一分钟之前您还在笑，您居然宣称您对令尊的

---

① "月亮已经落下……"一句出自波兰诗人F.卡尔平斯基（1741—1825）的田园诗《劳拉和费龙》。

死感到高兴!"我在"眼泪"这个词儿上逮住了他,他对此这样迟钝,真是授人于柄。他浑身乏力,望着我时的目光宛如在瞧一件隐形的刑具。

不过他也感觉到事情变得严肃起来,便鼓起全部勇气屈尊做一番解释,但是他的话沦为几乎不曾说出口、只是讲给观众听的一段旁白。

"那只不过是……反话……您明白吗?完全相反的……我自有我的意图。"

"您对令尊的死说了反话?"

他不吭气了。于是我推心置腹地附在他耳边道:

"您为什么会感到羞愧呢?对于父亲的死,毕竟不存在体面不体面的问题。"

现在回想起那一刻,我感到高兴的是我并无恶意。即便如此,他一动也不动。

"或者,您感到羞愧也许是因为您爱过他。也许您真的爱过他?"

带着嫌恶、绝望的表情,他费力地嗫嚅道:"好吧。既然……既然您坚持要这么说……好吧,就算是这样好了……我爱他。"

他把一件东西扔在桌子上，嚷道："喏，这是他的头发！"

真的，那是一绺头发。我说："好啦，把它拿走吧。"

"我不愿意！要拿您拿！我把它交给您啦！"

"为什么要这样大呼小叫呢？好啊，您爱过他。我接受。我还有一个问题。（您瞧，这是因为，您就是要了我的命我也弄不明白您的那些恋情。）我得承认您用这一绺头发几乎说服了我。不过，您瞧，还有一件事我弄不明白。"

说到这里我再次压低嗓门，附在他耳边说："您爱他，好啊。可是您的感情中为什么掺杂了那么多羞愧之情、那么多轻蔑之心？"

他脸色发白，一句话也不说。

"这么残忍、这么反感？您为什么像罪犯隐瞒犯罪行为一样保守这个秘密？您不回答？您不知道？或许我可以替您说出来：您真的爱他，的确如此，但是他病倒了……您对您母亲暗示说他需要新鲜空气。就那件事而言，您母亲也是爱他的。她听您说，点点头。没有问题，没有问题，新鲜空气无害。于是她搬进隔壁女儿的房间，在那儿她随时可以应答病人的呼唤。或许不是这样？或许您可以纠正我。"

"正是这样！"

"嗯，这就对啦！您瞧，我是老手了。一个星期过去了。有一天傍晚，您母亲和妹妹锁上了通往那间卧室的门。为什么？天知道。难道我们还需要考虑钥匙插入锁头后怎样一下接一下地转动吗？她们机械地转一下、两下，然后便跳上了床。对了，就在这会儿您锁上了通向楼下餐具室的门。目的何在？谁又能说得清所有这类琐事是名正言顺的？那还不如质问：您此时此刻为什么坐着而不站着。"

他跳起来，以后又坐下说："是的，正是这样！如同您所说的一样！"

"接着您又想到您父亲也许还需要什么东西。或许您会想到您母亲和妹妹睡着了，这时您的父亲又需要什么东西。于是，您轻手轻脚地起身爬上吱吱响的楼梯来到他的房间里。为什么要吵醒那些已入睡的人呢？好啦，您终于走进了那个房间。以后发生的事情就不用多说了。您机械地做完了一切。"

他听着，无法相信自己的耳朵。突然他好像猛地清醒了，以受到极度惊吓的绝望声调坦诚地说："可我压根儿没有去过那儿！我一直待在楼下自己的房间里！我不但锁上了通往楼下餐具室的门,也锁上了通往我的房间的门。我也把自个儿锁在房间里了……这件事是搞错了!"

我嚷道:"什么?您也把自己锁在房间里了?结果是你们全把自己锁在房间里了……如果是这样,这件事是谁干的……"

"不知道,不知道。"他吃惊地回答说,一面用手擦拭额头。

"只到现在我才开始明白也许我们当时正期待着发生什么事情,也许我们正等着事情发生,也许我们已有了一种不祥的预感。"说到这里,他突然野性地大叫大嚷道,"出于恐惧、出于羞愧,我们全把自己锁在房间了……这是因为我们希望父亲——希望父亲——自己了结生命!"

"嗯。所以,当感觉到死神来临的时候,你们把自己锁在房间里以抵御逼近的死神?所以,你们是在等待谋杀发生?"

"等待?"

"对。可是,这样说来,是谁杀害他的?要知道,他被人杀害时你们只是在等待,而且外人都无法进来。"

他沉默不语。

"可我真的是待在我房里，锁着门。"他低声道，无可辩驳的逻辑推理使他不得不屈服，"这件事搞错了。"

我加重语气说："可是，这样说来，是谁杀害他的？谁又会杀害他呢？"

他陷入了沉思，像是在苛刻地审视自己的良心。他脸色煞白，一动不动地坐着，眼睛半开半闭，几乎隐藏在低垂下来的眼皮里。他在自己的内心深处有所发现吗？有什么发现？或许他看到自己从床上爬起来，轻手轻脚地登上吱吱响个不停、暴露行踪的楼梯，一双手已做好了犯罪的准备？或许他只踌躇了一秒钟，谁又能说这种事情完全不可思议呢？或许就在那一瞬间里，仇恨涌上他的心头，仇恨不过是爱的补充。谁能说得上（那只不过是我的揣测），或许他在那一眨眼的工夫里体会到剧烈碰撞、相互交织在一起的各种情感，看出爱与恨本是一件事物的两张面孔。然而这一令人眼花缭乱却又转瞬即逝的顿悟（至少我是这样解释的）一定猛然间破坏了他心中一切固有的观念，他觉得自己和自己的自怜心情再也无法承受重负。虽然这种心境仅仅持续了片刻，却已足够了。再说，在过去的十二小时里他被迫要竭力消除我的怀疑，在过去的十二小时里他一直受到荒唐可笑、穷追猛打的烦扰，一定不止一千遍地仔细琢磨过这种想法是多么荒唐。他垂着脑袋，活像一个被打垮的人。他抬起头来，他盯着我，带着无限怨恨，清晰地对我说：

"是我。我去过。"

"什么意思，您去过？"

"我说了，我去过，做完了一切。如您所说，机械地做完了一切。"

"什么？这么说这是真的！您认罪了？是您干的？您——真的是您？"

"是的。我去过。"

"嗯——这就对啦。而且您办这件事用了还不到一分钟。"

"不会更久。最多也就是一分钟。我说不上我们说'一分钟'是不是有误。事后我回到房间上床睡觉，而且睡着了。不过，哈，哈，我记得很清楚，入睡前我打了一个呵欠，想到第二天早上要早起！"

我很吃惊，他流畅地承认了一切。不过也不算很流畅，因为他的嗓子有些嘶哑，凶狠、不同寻常的开心。不会再有疑惑！谁也否认不了罪行！不过，脖子的问题依然存在。死者的脖子仍执拗地横陈在楼上的卧室里，该拿它怎么办？我的脑袋高度兴奋，可是活人的脑袋又能做些什么去与一具死尸不再思考的脑袋抗衡呢？

我垂头丧气地看着这个杀人犯，他仍在等待。我不便对他解释，但是我立即悟到我只能坦诚相告。拿脑袋往墙上撞也没有用，应该拿脖子往上撞才对。再硬顶下去、蒙骗都没有用处。一俟明白了这个道理，我便对他寄予无限信任。我意识到自己做得太过分，多少有点儿恶作剧的成分在里面。经过诸般努力、脸上摆出这么丰富的表情，我已感到精疲力竭。情急之下我忽然变得像个小孩子，一个无助的小男孩，极想向大哥哥倾诉自己的过错和恶作剧。我觉得他会理解的……也许他不会拒绝给我出主意……我想："对，我能做的唯一的一件事情就是坦白、招认……他会理解、会帮忙的！他会想出办法来的！"不过，为了以防万一，我起身悄悄溜到门口。

"您瞧。"说话时我的嘴唇在微微颤抖，"要解决此事，这儿还有一点儿小麻烦……一个完全是形式上的障碍，并不要紧。那就是……"说到这里，我的手已放在门把手上。"那就是尸体上并没有留下被人勒死的痕迹。从物证上看，他根本不是被人勒死的,而是死于寻常的心脏病发作。脖子,您知道……脖子……没有人碰过他的脖子!"

说完我冲出半开的房门,飞快地跑过大厅,闯进停放死者遗体的房间,藏身于衣橱之中。我等待着,有把握,但是也有几分担心。屋子里一片漆黑,空气沉闷,令人窒息,死者的裤子拍打在我脸上。我等了很久,已经心生疑惑,认为不会发生什么事情了,他们卑劣地蒙蔽了我、欺骗了我!正在这时,门突然无声地打开了,一个人悄悄溜进来。接着,我听到恐怖的响动,那张床疯了似的吱吱作响。据我事后观察,在万籁俱寂中所有该做的事情都做了!此后,同来时一样,脚步声又渐渐消失。待过了午夜时分我才爬出衣橱。我不住地颤抖,浑身浸透了汗水。看得出来,胡乱堆着的被褥之间留下施暴的迹象,尸体横陈于皱巴巴的枕头上,死者的脖子上留下了清晰可见的十个指印,一个不少。不错,法医学专家们看到这些指印会做鬼脸,说这些指印有点古怪,不像是真的。但是,有了这些指印,再加上罪犯明白无误的供词,审判时我便可宣称已掌握充分的证据。

(袁洪庚 译)

科特乌巴伊伯爵夫人府上的会饮

很难十分确切地说，我和科特乌巴伊伯爵夫人亲密关系的根据是什么——当然，说到亲密关系，我想到的是她和我之间这种十分若即若离的关系，是可能存在于一个纯粹的、渗透到每一根骨头的贵族女士和一个有尊严、高贵的却又不过是小市民背景出身之人之间的。我倾向于大言不惭地说，在某些凑巧的场合下，我显示出来的某种崇高感，比较深入的眼光和某种理想主义的思想，为我巧夺了伯爵夫人的特殊好感——从儿童时代起，我就感受到了一种深思的倾向，较为高贵的事物对我有一种吸引力，我常常一连几个小时思索优美和高贵的事物。

所以说，这种毫无功利性的好奇心、思维的高贵性、浪漫的、贵族式的、理想主义的、在现今时代稍微带有无政府主义倾向的态度——我暗暗地假定——给我带来机缘参加伯爵夫人的精巧茶点小聚会和她每星期五非同寻常的晚餐会。公爵夫人是一位高尚的女士，一方面，具有福音派的精神,另一方面,又有文艺复兴时代的风度,既主持慈善拍卖事务,又崇敬诸文艺女神。她多方面的慈善事务令人钦佩,大家谈论她的慈善茶会,五点钟的艺术聚会——这时候她像美第奇家族的一位人士出现——旋即,她豪宅中的小客厅以其十分独特的风格引人入胜;在这个小客厅里,伯爵夫人只接待为数不多真正亲密、无话不谈的朋友。

但是最闻名的还是伯爵夫人每周五的素餐餐会。按照她自己的说法,在忙碌的日常慈善活动中,这些餐会具有放松的性质,在某种意义上,是神圣的,是一种超脱。"我也想为自己保留一点乐趣。"两个月以前,伯爵夫人第一次邀请我赴宴时这样说,露出忧郁的微笑,"请您星期五赏光。唱唱歌,一点音乐,只有最亲密的朋友,还有您……定在星期五,是让大家连一星半点也不要想到吃肉,"她轻微地退缩了一下,"不要老是想着大鱼大肉,带血的牛排。吃肉的馋嘴太多了!烧烤煎炸乌烟瘴气!只要离开流血水的牛排,你们就看不到快乐,那就逃避斋戒,整天地没完没了大嚼恶心的大块牛肉好了。我是要发出挑战,"她眼睛轻轻地眯缝了一下,意味深长而又显出象征意义,"我想说服众人,斋戒不是节食,而是——精神的宴会。"这是何等的荣幸!

十位，最多十五位的贵客之一，应邀来到伯爵夫人的斋戒餐会。

上流社会一向对我有吸引力，令我倾心，还有那些赴宴的嘉宾。似乎科特乌巴伊伯爵夫人隐蔽的思想就是神圣三位一体的某种新的防御城堡，用以对付现代的野蛮风气（克拉辛斯基家族的血液在她的血管里循环，不是偶然的）。看来，她十分珍重这样一个深厚的信念，亦即，贵族不仅受到召唤，外在地推崇游戏与交往，而且，在全部的领域里，包括精神的和艺术的领域，要凭藉自己门第的优越性善于确保自己的优越地位——为了确立真正崇高的沙龙，沙龙在诸方面都富于贵族气派即可。这是崇尚古风的思想，似乎来自上帝的恩典，但是在每一个方面，就其令人尊敬的古风而言，都是罕见地大胆和深刻；这是可以无条件地期待于古代司令官的后裔们的。的确，在古老餐厅里的餐桌旁边，远离动物躯体和屠夫，远离千千万万被宰杀的肉牛，最古老家族的代表们在伯爵夫人的引导下，复活了柏拉图式的会饮——令人悠然想到，诗歌和哲学的精神在水晶酒杯和丛丛鲜花中间冉冉升起，有魔力的词语自行化为诗句。

例如，那儿有一位亲王，应伯爵夫人的请求，扮演了知识分子和哲学家的角色，扮演得颇具王室韵味，讲述了优美而高尚的思想，就是柏拉图，如果听到了这样的演说，也很可能痛感羞涩，从而手持托盘，站在他的椅子后面，准备为他更换盘子。有一位男爵夫人自动提出为聚会助兴，一展歌喉，也不顾以前根本就没有学过唱歌，我想，在这个场合下，就连阿达·萨丽也发不出如此美妙之歌声。而这些聚会在美食菜肴方面的节制包含了某种无法形容的奇妙，我可以说，是奇妙的素食风格，豪华的素食风格，每一盘素蒸莲花白菜上方朴实悬浮的巨大好运造成令人难忘的印象，特别是在当今嗜肉如命之可怕世风的时代背景之中。甚至我们的牙齿，啮齿动物的牙齿，也显得丧失了该隐的锐利标记……至于厨房，伯爵夫人毫无疑义的素食烹调特色，真是无与伦比；她的西红柿蘸大米满室飘香，而荷包蛋配芦笋无论在调配还是在香味方面，都绝妙之极。

　　现在描述的星期五聚会，在两个月以后，我又接到盛情邀请参加，但是在乘普通出租马车走进华沙近郊大宅古色古香正面的时候，感到挥之不去的三分不安。本来我还有十来位贵客呢，但是我只看到两位，而且完全不是名气最大的：一个是没有牙齿的老迈侯爵夫人，这位老太太不得不每周吃六天素菜，还有一位男爵，就是德·阿普费尔鲍姆男爵，出身微末，但是母亲娘家家资数百万，属于普斯特雷钦斯基家族，这就弥补了先辈的卑微和丑陋的鼻子之缺憾。一开始，我就感受到几乎难以察觉的别扭……缺乏和谐……更不要说大宅特等美味南瓜汤了，连瓜瓢子也煮烂了，算是第一道菜，其实是太差的清汤白水，绝对淡而无味。虽然如此，我却没有流露出丝毫的诧异或失望的表情（这类的表露随处可见，但是绝对不是在科特乌巴伊伯爵夫人这里），而且我还春风满面、兴致盎然，立时赞美：

甘美清莹的特级鲜汤，
没有宰杀血污的肮脏。

我已经提示过，在伯爵夫人星期五宴会上，在这特例的和谐和聚会的高雅气氛中，语言都是自然流露出来的，如果不是散文配备诗歌，那就有失大雅了。但是，让我十分吃惊的是，阿普费尔鲍姆男爵，作为一位极其细腻的诗人和挑剔的美食家，对我们女主人的高超烹调技艺双重地崇拜——这时候却向我转过头来，对着我耳根轻声絮语，毫不掩饰他的厌恶和痛恨，我是从来也没有预料到的：

> 清汤淡而无味，
> 准是厨师加水……

这样的放肆吓坏了我，我赶快咳嗽三声。他要说什么话呀？幸好男爵立即打住。自从上次聚会之后，就形成了惯例：晚宴像是晚宴的幻影，菜肴若有似无，宾客各个拉着长脸。清水汤之后上了第二道菜——半盘子又细又小的胡萝卜。对于伯爵夫人的精神力量，我真是服了！她脸色惨白，身穿黑色礼服，配戴金银珠宝，以秋风扫落叶之势大吃丰盛名菜，宾客只好奉陪——她还驾轻就熟地主导话题，话题极为优雅。她高谈阔论，魅力十足，虽然不无忧郁之感，而且时时摇动餐巾：

> 让更深刻的思想翱翔，
> 请诸君畅言美在何方。

我立即回应，紧跟韵脚，凸显燕尾服前襟的装饰：

世间最美者非爱情莫属，

爱情给我们带来光明，

我们是不播种不劳作的鸟儿，

上帝穿燕尾服的羔羊。

伯爵夫人莞尔一笑，感谢这一思想的纯洁无瑕之美。男爵像一匹受到高贵竞争精神控制的纯种赛马，他霍地站起，摆动着手指，宝石熠熠生辉，诗句同时落下；而吟诗作赋的秘密，是为他一人独有：

美就是玫瑰

美就是暴风雨（以此类推）

但是更美的是同情和慈悲。

看天下的凄惨无奈！

外面阴雨连绵淅沥！

三天连续的凄冷，风雨如晦，

想到不幸和贫苦的人们——

啊，同情的泪水，就是慈悲的细雨

> 这才是美和高贵的秘密!

"亲爱的先生,您说得千真万确。"没牙的侯爵夫人絮絮叨叨地说,表示敬佩,"至理名言!慈悲!阿西西的圣方济各!我也照顾穷人、小孩子、患佝偻病的,我为他们献出这没牙的老年!我们应该不断地关怀穷人和不幸的人们……"

"还有囚犯和连拐杖也没有的残疾人。"男爵补充说。

"还有年老的、贫穷的、退休的、瘦骨伶仃的女教师们。"伯爵夫人说,深表同情。

"还有患炎症的理发师,还有患坐骨神经痛的挨饿的山里人。"我补充说,激动起来。

"是的,"伯爵夫人说,眼睛发出亮光,望着远方,"是的!爱和慈悲,是两朵花——生活的玫瑰草药之茶……但是,也不应该忘记自己对自己的义务!"于是,她思考片刻,复述了约瑟夫·波尼亚托夫斯基公爵的名言,说:"上帝把玛丽亚·科特乌巴伊托付给我,我只把她献给上帝!"

> 我要激起自身的激情和理想,
> 让永恒的火焰把世界照亮!

"好极了！无与伦比！伟大的思想！——多么深刻！睿智！自豪！上帝把玛丽亚·科特乌巴伊托付给我，我只把她献给上帝！"大家齐声呼喊，我却大胆轻声弹出爱国主义的琴弦（事先看准，这是关于约瑟夫公爵的）：

要永远牢记，这是白色的雄鹰！①

仆人送来一棵巨大的花椰菜，浇了些许新鲜奶油，染成鲜艳的红颜色——很遗憾，根据以往的经验可以断定，这种肺痨病颜色对健康有害。这就是伯爵夫人府上的谈话，这就是盛会场景，虽然烹调和菜肴不是太好。我感到洋洋得意的是，我的论断，就是说，爱情乃是最美者，不属于最肤浅言论，我甚至认为，这个论断可能构成不止一部哲学长诗的桂冠。但是，另外一位会饮者更进一步，投出格言，亦即，慈悲甚至比爱更美。高尚！——而且真实！当然，如果细想一下，慈悲涵盖得更广，它的衣襟遮盖的事务比爱更多。

---

① 波兰国徽白鹰和约瑟夫·波尼亚托夫斯基的英雄气概是波兰爱国主义的重要组成部分，一如法国的高卢雄鸡和拿破仑的多次胜利。——法译本译者注

最后，我们聪明的女主人，伯爵夫人，担心我们大家完全沉溺于爱与慈悲，所以提出我们对于自己的高尚义务——就在这个时候，我奇妙地使用了韵脚，只补加了"白色雄鹰"。言谈的形式、姿态、方法，宴会的高贵而雅致的节制风尚，都是在争取更好的内容！不对！我在兴奋中想道："没有出席过伯爵夫人星期五宴会的人，确切地说，是不识贵族的！"

"花椰菜美味可口。"男爵这位美食家和诗人嘟嘟囔囔地说，声音里透露出悦耳的失望语气。

"实际上，"伯爵夫人盯着盘子看，表示怀疑，"我倒是不指望花椰菜有什么特别的美味；和前面一道菜比较，颜色太浅。"

"是菲利普吗？"伯爵夫人发问，眼睛冒出亮光。

"应该查证！"侯爵夫人说，表示不信任。

"叫菲利普来！"伯爵夫人吩咐。

"没有理由瞒着您，朋友。"阿普费尔鲍姆男爵对我轻声说，解释情况，掩饰不住愠怒心情。情况原委如下：恰好是在上一个星期五，伯爵夫人偶然看见厨师菲利普思考如何烹调带肉味的素汤！也真是煞费苦心！我却不愿意信以为真！这样的事，的确，也只有厨子能办到！更糟糕的是，这个死心眼的厨子似乎一点不知悔改，一门心思地为自己这番提案辩护，"又教狼吃饱，又教羊长寿"。他到底是什么意思呢？（很久以前，一位主教的厨子也是这样的。）一直到伯爵夫人发出威胁立刻解雇他的时候，他才发誓改正！"一个疯子！"男爵愤怒地总结，"疯子！被现场抓住了！因此，您看见了，今天，大部分宾客都没来……哼……如果不是因为这个花椰菜，我想他们真的是有理由不来的。"

"不对，"没牙的侯爵夫人说，一面用牙床子咀嚼蔬菜，"不对，这不是肉味……嗯，嗯……不是肉的味道，可以说——comment dirais-je（我该怎么说呢？）——特别有营养——肯定有很多的维他命呢。"

"好像有胡椒味道，"男爵品尝第二盘菜，评论道，"细腻的胡椒味道，嗯，嗯，但是没有肉味，"他又赶快补充说，"显然是素菜，胡椒花椰菜。伯爵夫人，我的味觉是可以信赖的，在品尝味道方面，我是内行！"

但是伯爵夫人还是不依不饶，直到厨师到场——一个又高又瘦的红头发男人，斜眼，凭他已故妻子的影子发誓，那花椰菜是纯粹的，没有瑕疵。

"厨子都是这样的！"我表示同感，同时也回味获得重大成功的这道菜(虽然一丁点的优点也看不出来),"唉,厨子呀,就得监督着点!(我不知道这样评语是不是不合时宜,但是当时一股激动心情控制了我,轻微犹如香槟酒的泡沫。)戴白色高帽子、穿围裙的厨子!"

"菲利普看着挺老实的。"伯爵夫人说,带着遗憾和无言谴责的口气,同时伸手去拿奶油钵。

"老实,当然是老实!"我表示同意,也许强调得太过分了,"但是依然是一个厨子……厨子嘛,大家都知道,是下等人,homo vulgaris(拉丁文:粗人),他的任务是制备色香味俱全的菜肴——可是这儿出现了棘手的悖论。大老粗制备精美食品——这其中有什么深刻含义呀?"

"出类拔萃的味道!"伯爵夫人说,扩张的鼻孔吸进花椰菜的气味(我没有闻出这个出类拔萃的气味),手里的叉子一直没放下,一直轻轻地摆弄着。

"出类拔萃!"银行家重复,为了避免油污,他把餐巾扎在胸前,"伯爵夫人,请允许再品尝少许。享受了那美味鲜汤,我精神绝佳……嗯,嗯……当然,厨子的话,是不能相信的。我原来有个厨子,他烹调意大利空心粉,和别人都不一样——我吃了就是了。请大家想象,有一次我进了厨房,看见那空心粉在锅里,翻滚着——就是打滚!——那是虫子,嗯,嗯,我花园里的虫子,那个坏家伙当空心粉给我吃!从那一天以后,我再也不看,嗯,嗯,不看一眼饭锅!"

"就是这样,"我说,"就是这样的!"我又唠叨着骂厨子,说他们都是小级别的刽子手、杀人犯,他们干的都一样,不过是加胡椒粉,浇汁加颜色,上菜……我的评语不完全合适,而且尖刻,但是我还是做到言无不尽。"……伯爵夫人,您从来没有接触过他的头发,就在汤里,您吃到了他的头发!"我继续说,因为不知不觉地一股强力的雄辩攫获了我,但是,突然——我住嘴了,因为没有人听我说话!伯爵夫人极为反常的面貌,议事司铎和文艺保护人才女,正在沉默中大吃大嚼,十分贪婪,连耳朵都在震颤,目睹此景,我又惊奇又害怕。男爵紧跟伯爵夫人,脸俯瞰在盘子上面,全神贯注地欣赏佳肴香味、大口咬嚼,侯爵夫人老太太全力以赴追赶,咀嚼、吞咽大块花椰菜,明显地担心别人从她鼻子下面卷走最好的菜!

这罕见的、突如其来的大吃大嚼的景象——我没有其他的表达方法——这样的大吃大嚼,在这样的豪宅里,这可怕的突变,这个出人意表的不和谐音,彻底震撼了我身心的根基,我再也忍受不了了——我打了个喷嚏,又因为手帕放在大衣衣兜里了,所以必须请求原谅,站起来,离开餐桌。在前厅里,我倒在沙发上,一动不动,强打着精神以求乱成一团的思想得到平衡。像我这样一个人,因为久已熟识伯爵夫人、侯爵夫人和男爵动作的文雅、举手投足的细腻、节制和微妙,尤其是在进食时刻,还有他们外貌无与伦比的高贵,所以能够评价我所遭遇的这种恶劣之极的印象。同时我看了一眼从衣兜里掏出的一张红色邮报,瞧见了令人轰动的标题:

花椰菜① 神秘消失

副标题是:

花椰菜遭受冷冻威胁

报道如下:

---

① 花椰菜的原文 Kalafior,被设定为一个姓氏。

鲁德卡村的车夫瓦兰提·花椰菜（该村属于崇高而知名的科特乌巴伊伯爵夫人）向警察局报告，他的儿子八岁的波莱克离家出逃，圆鼻子，浅黄色头发。警察局确认，男孩的确出逃，因为父亲醉酒，把他捆了起来，母亲以饥饿折磨他（不幸的是，在当前经济危机时期，这是普遍现象）。令人担心的是，这个男孩可能冻死，因为在这秋雨连绵季节在田野里迷路走失。

"嘘……"我牙缝里发出声音，"嘘……"透过窗玻璃，我望了望朦胧细雨笼罩的田地。我回到餐厅，那巨大的银盘里是剩下的花椰菜碎块。但是，伯爵夫人露着肚皮，似乎还是在五黄六月天，而男爵的脸几乎贴在盘子上，侯爵夫人老太太扭动这下巴，咀嚼，咀嚼得不知疲倦——所以我真得说，像一头牛在反刍。

"上天的美味，太奇妙了，"他们反复说，"迷人，无与伦比！"我一下子不知如何是好，便又品尝花椰菜，而且全神贯注，但是寻找美味的努力全属徒劳，没有一点情况可以部分地证明餐桌贵客们这种惊人的姿态。

"诸位都看见什么了?"我怯懦地哼唧一句,有点羞涩。

"哈哈哈哈,他还问呢!"男爵细声尖叫,却还不停地吃,情绪好极了。

"您真的感觉不出来吗……年轻人?"侯爵夫人问道,还一直大吃,片刻不停。

"您不是美食家,而奇……Et moi, je ne suis pas gastronome, je suis gastrosophe!(我,我不是美食家,我是美味智者!)"我没有听错吧,他说这句法国话的时候,似乎他身上什么东西膨胀了起来,所以最后这个词儿"gastrosophe"是从鼓起来的腮帮子迸发出来的,带着一股他从来没有过的自豪感。

"烹调得很好,肯定的……味道鲜美,十分鲜美……但是……"我说得嘟嘟囔囔的。

"但是?……但是什么?您真的没有感觉出这美味吗?这种细微的新鲜,这……嗯……不好虚荣的硬实,这……特殊的胡椒……这个味道、这种美酒?但是亲爱的先生(和他认识以来,这是他第一次称呼我'亲爱的先生')——您是不是假装啊?让我们大家丢人啊?"

"您不用跟他说啦!"伯爵夫人笑得有点发贱,打断了他,"不用跟他说!因为他根本就不明白!"

"年轻人,味觉是来自母亲的奶水的。"侯爵夫人语焉不详,表示善意,似乎要让我明白,我已故的母亲出身于德鲁贝克家族;愿她永垂不朽!

于是宾主都离开餐桌,挺着饱餐后的肚子,来到路易十六式的金碧辉煌的大厅,轻松坐在最柔软的椅子上,开始唱歌,而且,毫无疑问,似乎恰恰是我,带来了特殊欢乐的理由。很久以来,我一直参加贵族们的午后茶会和慈善音乐会,但是,老实说,从来没有见过如此骤然的过渡,毫无道理的变化。不知道该坐下,还是站着,是保持严肃,还是 faire bonne mine à mauvais jeu(面对丑陋表演面不改色),还是傻笑——于是我暗暗地、怯懦地转向学园,就是说,转向美这个话题,就是说,转向甜瓜汤:

"再来探索美是什么……"

"算了,算了,算了,算了!"男爵叫将起来,还堵住耳朵,"快把人烦死了!现在是游戏的时候!S'encanailler(放荡一番)!我来给大家唱好听的歌!小歌剧咏叹调!"

  他是一个可笑的生手,

   什么也不知道不知道!

> 我开始耐心开导他，
>
> 美的不美，味道好的才美，
>
> 美味，美味，美味才是美！
>
> 这才是美的标记！

"好极啦！"伯爵夫人欢呼，侯爵夫人附和她，老瘪嘴咧开一笑，露出来的都是牙床子，"好极啦！Cocasse！Charmant！（滑稽！迷人！）"

"但是我觉得……这……这不是那么……"我结结巴巴地说；我惊奇的目光和我的燕尾服绝对是不相配的。

"我们，贵族，"侯爵夫人老太太向我倾身，很和气，"我们贵族在最亲密的圈子里崇尚最大的自由，在这样的场合下，您也许听说过，有时候，我们甚至使用粗俗的言语，常常无拘无束，就是贵族式的粗人。所以不必担心。入乡随俗嘛。"

"我们不是那么可怕的，"男爵以保护的语调补充说，"虽然我们的与众不同之处比我们的高贵更难习得。"

"不，我们不是可怕的，"伯爵夫人哼哼唧唧地说，"我们不会把什么人生吃了！"

"我们谁也不吃,除了……"

"除了……"

"吓唬一阵,哈,哈,哈哈,"他们哄堂大笑,向上抛出枕头,伯爵夫人开始歌唱:

> 是的,就是,
>
> 一切都是好味道!
>
> 一切味道都高超!
>
> 要让虾味好,多对虾米加折磨,
>
> 要让火鸡肥,多多逗它耍游戏。
>
> 你们可知道我嘴里的味觉?
>
> 谁的味觉和我们不统一,
>
> 就不配对我们称兄道弟!

"但是,"我小声说,"伯爵夫人……菜豆、胡萝卜、芹菜、菜花。"

"花椰菜!"男爵补充说,好像被噎住了。

"对呀!"我慌忙中不知说什么好了,"对呀!……花椰菜!……花椰菜……斋戒……清一色的素菜……"

"这个花椰菜怎么样,味道好吗?嗯?好吗?啊?我还期待着您最后能够理解这个花椰菜的美味呢,不是吗?"这算什么口气、什么保护嘛,虽然几乎看不出来,可这口气里是一股子老爷式的威胁嘛!我开始打哈欠,不知道该回答什么,怎么反驳呢?怎么开口呢?于是(啊,本来我永远也不会相信,这个贵族气的、有人情味的个人,这个诗人兄弟,竟然会让人觉得,上帝的恩典说到就到!)——于是男爵坐在椅子上,抚摸从普斯特雷钦斯卡女伯爵那里继承来的又细又长的腿,对女士们说话,那声音名副其实要把我击溃:"伯爵夫人,的确不应该邀请味觉还处于完全原始时期水平的人士来赴宴!"

此后他再也不看我一眼,他们都是手里拿着酒杯,互相说笑,我突然变成了 quantité négligeable(可以忽略的小数),他们谈到"爱丽丝"及其种种幻想,谈到"嘎巴"和"布巴"、"玛丽"公主、某些"雄狮",还说某个男人不可思议,某个女人无法忍受。他们用三言两语评论野史外传,用高等语言例如"她彻底疯狂""不可思议""难以相信""十分怪异",甚至还频频使用老百姓的咒骂,例如"狗血"、"瘟疫",因而这谈话变成人类语言能力的顶峰,而我和我关于美的理念、人性和摇曳芦苇的全部话题，不知因为何种奇迹被开除、被推得靠边站，像没用的旧家具，我不得开口。他们也用三言两语道出谜一般贵族的机智，这些话语及其超常的愉快，但是我——因为我不知道典故——所以只得勉强露出笑容。啊是的，是怎么回事呀?! 怎么突然出现残酷的变化呀？为什么吃甜瓜汤的时候，和现在比较，都是判若两人了呢？是不是不久以前我对他们还能够在最高级的和谐中散播人性的光辉——在吞咽甜瓜汤的时候？怎么就在突然之间，也没有什么看得出来的缘由——就忽然冒出来这么多灾难性的因素，这么多的疏远和冷漠，这么多的挖苦讽刺，面目中这么多无法索解的病态的嘲弄脸色，这样的距离，这样的遥远，拒人于千里之外！这样的变形，我实在是解释不了，而侯爵夫人老太太评论"自己圈子"的话让我一股脑想起来我所在的小市民环境中川流不息的恶毒闲言碎语，我是不信这些闲话的，不信这两面派的嘴脸和用四道帷幕防备他人观察的、封闭起来的贵族生活。

我再也忍受不了自己的沉默；这种沉默随着每一个瞬间的过去，都把我推进更深、更可怕的深渊，所以，最后，我莫名其妙地对伯爵夫人开口说话，好像这是往事的一种虚浮的回音。

"请原谅打搅您……伯爵夫人,请允许我献给您我的作品:'我灵魂的激荡'。"

"什么?"她问,因为她很开心,没听明白,"什么,什……么?您说什么来的?"

"请您多多原谅;您曾经允许我献给您'我灵魂的激荡'。"

"啊,对啦,对啦。"她回应道,心不在焉,但是依然十分客气(依然客气?还是另外一种客气?或者新的客气,因为我的脸蛋子,在我不知不觉中,变得通红了),说着,从小桌上拿起一本有白色硬封皮的书,在扉页上笔画生涩地写了几个礼貌的字眼儿,签名:

伯德乌巴伊伯爵夫人

"哟,伯爵夫人!"我大声说,因为看到具有历史意义的姓氏"科特乌巴伊"被扭曲为"伯德乌巴伊",感到沮丧。

"真是疏忽了!"在众人欢乐气氛中,伯爵夫人大声说,"真是疏忽了!"我觉得没什么可笑的。"嘘……嘘……"我几乎没有再次发出声来。伯爵夫人大笑,骄傲得很,但是同时她一条纯种的细腿清晰而柔曼地划出各种各样的花体线条来,好像是欣赏腿关节的柔软似的,一会儿向左,一会儿向右,或者画圈;男爵斜倚在沙发上,正要准备说出耳熟能详的 bon-mot(风趣话)来——但是他那普斯特雷钦斯基家族特有的小耳朵显得比平时更小,这时候他的手指头正在把一颗葡萄珠放进嘴里。侯爵夫人老太太坐着,姿势合乎她的身份,但是她那 grande dame(命妇)细而长的脖子好像变得更长了,皮肤略微松弛;她的注意力转向我。但是还有一个细节不容忽视:外面风雨依旧,打在窗玻璃上,像细细鞭子在抽打。

也许我把闪电般的、不应该遭受的失落感看得过于沉重,也许正是在这一感触的影响下,我遭到一个下层社会人士被引进上层社会时遇到的那种受虐感,而且,还有偶然的联想,可以说,偶然的类似情况,愈加强化了我的敏感——我不否认,也许……但是,突然,从他们那边有一股不寻常的气氛向我袭来!我不否认,他们的高贵、细腻、礼仪、文雅依然是高贵的、细腻的、礼仪的、文雅的,毫无疑问,都是臻于完美的——但是同时不知为什么又是这么令人窒息，所以我倾向于假设，全部这些光辉的、人性的优点，都暴露起来，好像被牛虻蜇了一下似的！更有甚者，我突然觉得（这无疑是那条细腿、小耳朵和脖子的效果），他们虽然像高贵人物那样故意忽视我，没有望着我，却已然看见了我的困惑，而且觉得乐趣很大！同时我生出一个疑问，"伯德乌巴伊"……伯德乌巴伊不一定仅仅是 lapsus linguae（拉丁文：笔误），而且，说得更明白一点，伯德乌巴伊，是不是就是"修补吧"！修补？修补伯爵夫人？是的，是的，她发光的漆皮鞋鞋头确认了我这个可怕的信念！——我觉得他们三个人还没有因为我而悄悄地笑破肚皮：我没用捕捉到花椰菜的美味——花椰菜对我只是平常的蔬菜——我证明了神圣的直率和值得怜悯的小市民精神，没有对花椰菜显示应有的欣喜——他们暗暗地保全了自己，但是，如果我表现出一点激动之感，他们就会哈哈大笑的。是的，是的，他们忽视，他们没有看见，而同时却从侧面，用他们贵族躯体的各个部分，细腿、小耳朵、长脖子，尝试引发和撕碎秘密的封漆。

　　也许我不必赘言，这种寂静中的引诱，这种在我身上来自思维脉络的、隐蔽而不健康的戏耍欲望是如何激荡了我的。我模模糊糊地记起贵族的"秘密",这味道的秘密,任何不是选民的人都不具备的隐秘,而且,像叔本华所说的,即使熟知生活须知三百条,也不具备。甚至如果有令我片刻欣然的希望:因为得知这秘密而得以进入他们的圈子,学会发小舌音,说"奇异之极"、"她疯了",像他们那样,那么,除了其他方面,那面对(不能隔开说话)可能被打耳光的担忧和恐惧,还是完全瘫痪了我火热的savoir-vivre(求知欲望)。面对贵族,永远放心不下,面对贵族,比面对驯顺的狮子更得小心。一位公爵夫人问某个平民出身的人,他母亲在娘家的名字;这个平民出身者,受到大厅里笼罩的表面自由的唆使,和他以前两次机智言谈遇到的宽容的怂恿,断定可以为所欲为,遂开口作答:"请原谅,回您的话:偏吉克!"——就因为这个"请原谅,回您的话"(这句话显得粗俗),他立刻被推出门外。

"菲利普,"我细心思忖,"菲利普已经发誓了!……厨子就是厨子!厨子是厨子,花椰菜是花椰菜,伯爵夫人是伯爵夫人,这最后的一点,我但愿谁也不要忘记!是的是的,伯爵夫人是伯爵夫人,男爵是男爵,窗外呼啸的大风和讨厌的恶劣天气是大风和恶劣天气,黑暗中儿童的小手和父亲皮鞭打得颜色发青的后背在细雨冲刷之下——就是儿童的小手和颜色发青的脊背，不是别的……而伯爵夫人，无疑就是伯爵夫人。伯爵夫人是伯爵夫人，但愿她对我别太严格。"

他们见我处在一种几乎瘫痪的完全被动状态，便显得在无意中开始越来越多地围着我转，越来越明显地接近我，越发露出拿我取笑的意愿。"你们瞧瞧这张受惊吓的脸！"伯爵夫人随便喊了一声，于是他们开玩笑说，我一定有什么"大丑闻"，"被吓坏了"，因为在我所在的环境中，没有人"胡言乱语"，没有人证明，他们那儿一切都无与伦比地好得多，言谈举止都不像在贵族圈子里这样粗俗野蛮。他们又假装惧怕我的判断严厉，便开始互相开玩笑评论和指责，似乎我的一切对于他们比一切都更重要。

"您不要说蠢话！您太严厉了！"伯爵夫人喊道（其实男爵根本就不严厉；他这个人没有什么严厉，除了那只小耳朵，他常常用细长的干瘦手指头摸一摸，不无满意之感）。

"说话和举动要得体！"男爵呼喊（伯爵夫人和侯爵夫人的举动是完全得体的）。

"不要胡言乱语，不要倒在沙发上，不要出怪声，脚不要摆在桌子上！（上帝保佑，伯爵夫人根本就没有这样的意图)你们杀害了这个不幸的人的感情!伯爵夫人,您的小鼻子的确太有种族色彩了!您要慈悲啊!"(对谁慈悲呢,我心想,伯爵夫人因为小鼻子就应该表示慈悲嘛?)侯爵夫人在沉默中,笑得掉了眼泪。但是,因为我像鸵鸟一样把头藏在沙子里,使得他们更加兴奋;看样子,他们放弃了最后一点谨慎,似乎他们当然愿意我能够明白,他们忍不住要把典故变得越来越明确。典故吗?什么典故?啊,对啦,当然是返回到同一件事,越来越明显,越来越接近,越来越不顾礼仪……

"可以抽烟吗?"男爵问道,语气温和,同时掏出金质烟盒。(可以抽烟吗?!好像他不知道,外面潮湿,细雨连绵,寒冷激烈的风,都随时能够把人冻僵。可以抽烟吗?!)

"您听见雨水敲打玻璃的声音了吗?"侯爵夫人咕哝着问,问得很天真。(敲打?当然是在敲打!在外面敲打得十全十美。)喂,您听那雨点啪啪啪的声音,您听那啪啪啪的声音,您听,您听,我请求您,听那些雨点的声音!

"啊,恶劣的天气多么可怕,风刮得太厉害了。"伯爵夫人大声说,"啊,啊,啊,风雨大作!看着都难受!看着景色不由得要笑,却浑身起鸡皮疙瘩!"

"哈、哈、哈，"男爵接应伯爵夫人的话，"看啊，水流得多优美！看看多种多样的花边，都是雨水创造出来的！看这个小水洼扩张得多优美，积得多深，又胡乱涂抹起来，就像昆勃兰酱油似的，看着细雨在抽打、抽打——抽打得多优雅，这微风在撕咬，撕咬，变成了红色，像钳子把东西夹住，夹碎，多么优美！这雨水要吹进你们的嘴里了，老实说吧！"

"真的很味美，十分、十分美味！"

"大大吊起胃口！"

"像鹅肉细条！"

"或者莱茵式煮肉块！"

"像鲜汤里的大虾！"

这些随意抛出的 bons mots（风趣话），只有世袭的贵族才可以使用，这些 bons mots 之后，立即就是动作和手势，其意义嘛，我靠在沙发椅上，纹丝不动，我不想、不愿意去理解。我不愿意去说，耳朵、小鼻子、脖子、小脚丫都到了发疯、发狂的地步——但是，除此之外，银行家深深地吸烟、在空中吐出蓝色的小烟圈。上帝啊，他吐一个、两个，就得了嘛！不对，他吐了又吐，把嘴缩成一个小猪鼻子，于是伯爵夫人和侯爵夫人都拍手欢呼！每一个小烟圈到了上面都慢慢地散开，形成有节奏的套圈！伯爵夫人苍白细长的、爬行动物般的手，此时放在沙发的花样图案上，她神经质的小脚丫在桌子底下扭着，恶狠狠的，像一条要咬人的蛇。我觉得我不太清醒了。把戏到此尚未完结——我发誓，我没夸张！——这个男爵恬不知耻，竟缩起上嘴唇，从衣兜里掏出金牙签，开始用牙签剔牙——露出一嘴炫富的、破烂的、多处补上金块的——黄牙！

我目瞪口呆，完全不知道该怎么办、往哪儿逃跑，于是我转向侯爵夫人求助，因为她还对我表示最大的善意，在餐桌上表示崇尚慈悲，爱护患佝偻病的儿童；于是我开始谈论慈悲，实际上是在乞求慈悲了。我说："夫人，您为不幸的儿童作出了巨大的贡献！夫人！"但是上帝保佑！你们知道她是怎么回答我的吗？她很惊奇，用惨白色的眼珠子瞥了我一下，又擦了擦过度欢乐激发出来的眼泪，这才好像清醒过来，说：

"哟，您是说我那些患佝偻病的孩子吗？……是的，实际上，看着他们迈开扭曲的脚掌，笨重行走，练习和摔倒，反而觉得自己年轻了！虽然老，却感觉年轻！很久以前，我还骑马奔驰呢，身穿女骑手的黑色服装，脚上穿亮锃锃的皮靴，都是英国纯种马，可是现在呢——hélas, les beaux temps sont passés（唉，美好的时代一去不复返）——现在不行了，老了，就去高高兴兴看那些佝偻病孩子！她突然向下伸手，我急忙后退，我发誓，她是想给我看看她虽然老迈却还健壮结实的腿脚！

"耶稣基督！"我呼唤，几乎快没命了，"但是爱、慈悲、美、囚犯、退休的穷困女教师……"

"但是我们记得她们，记得！"伯爵夫人哈哈地笑着说，让我浑身起鸡皮疙瘩，"这些可爱的、可怜的女教师。"

"记得她们！"侯爵夫人老太太安抚我。

"记得她们！"男爵重复，"记得她们！"我害怕得浑身发麻。"这些亲爱的、不幸的囚犯！"

他们不再看我——都望着天花板后面什么地方，向上抬头，好像这是唯一能够制止脸上肌肉猛烈的痉挛似的。哈！我没有丝毫的疑问，我终于明白，我是在什么地方，于是我面颊的下半部突然被不可遏止的颤抖攫获。雨水继续敲打这窗玻璃，像细细的皮鞭。

"但是，上帝是存在的！"我用最后的一点力量终于轻轻说出，同时努力寻找一个支撑点。"上帝存在。"我小声补充，但是上帝之名来得不合时宜，顿时出现了沉默，他们的脸上都显出不良兆头的表情，表明我的做法不好——我等着他们下逐客令呢！

"啊，是这样吗，"片刻之后，男爵以无法抵御的策略快把我砸成碎块，"上帝？上帝是存在的，溜进维斯瓦河！"

这样的话，有谁能够给予回答？有谁不会张口结舌？我沉默了——而侯爵夫人在钢琴前面坐下，男爵和伯爵夫人翩翩起舞——从他们的每一个动作都涌现出韵味、优雅、风度——哈哈！——我想逃走，可是在这样的地方怎么能不辞而别呢？人家在跳舞，怎么去告辞？这个时候，从我这角落里，我真切地看见——从来，我从来没有梦想到这样彻头彻尾的丢人，这样的厚颜无耻！我不能扭着自己的性子，描写满眼所见——谁也不能要求我这样做。只说一句就已经足够：伯爵夫人伸腿，男爵就向后退，一百次，一千次——脸上表情也堪称楷模，那脸色表明，这就是拉丁风格的探戈——而侯爵夫人一直在演奏急速和弦和颤音的乐段！

但是我已经看出来这是什么——他们强迫我意识到这

食人者舞！食人者舞！而且有韵味、优雅、有风度——我只找到了一个小偶像，怪物似的黑人，四方形的脑壳，突出的厚嘴唇，滚圆的腮帮子，扁平鼻子，从高处俯瞰着这些醉酒的人。我的目光转向窗外，在窗玻璃后面望见的正是这样的东西——圆滚滚的儿童的嘴脸，扁平鼻子，扬起来的眉毛，向后退去的耳朵；这张嘴脸消瘦、炽热，带着黑人神性的滑稽的白痴面相和超自然的着魔劲头，在以后的一个（或者两个）小时之内，我像受到催眠一样，眼睛一直盯着外套的几个扣子。

黎明的时候，我终于沿着油滑的楼梯溜了出来，在灰蒙蒙的阴暗天气之中，在窗户下面，在干燥的鸢尾花丛中看见一个匍匐的躯体。显然，这是一具尸体，八岁男孩的尸体，亚麻色的头发，圆鼻子，赤脚，瘦到极点，可以说，看着似乎被人啃食过，在肮脏的皮肤下面，这儿和那儿还剩下小块的肉。哈，就是说，步行的波莱克·花椰菜一直流浪到了这儿；在阴雨连绵的夜间，在远处野地里他受到了窗口光亮的吸引。我快步奔出大门的时候，不知从什么地方，厨师菲利普突然出现，苍白，戴着圆筒帽，长着红色的汗毛，斜着眼睛，枯瘦而文雅；他是烹调师傅，预先把鸡宰好，炖在肉里上桌——现在呢,他鞠躬行礼,以仆人的语气对我说:"希望老爷觉得这素菜味道还凑合吧!"

(杨德友 译)

清纯少女

　　这里创造的对于少女的描写和精致的比拟之矫揉造作，真是天下无出其右者。小口像樱桃，酥胸像含苞欲放的玫瑰，嘿，真不如到菜市场去卖点水果和青菜！如果一张嘴有成熟樱桃的味道，谁还敢放心大胆地去爱她呢？像软焦糖一样名副其实的甜蜜亲吻，还能吸引谁啊？但是，嘘……，到此为止吧，这是秘密，忌讳，不要再多说什么亲嘴的事了。——阿丽霞的胳膊肘，透过她的感情三棱镜来观察，显得时而是雪白、甜美的少女玉臂，显出流动的暖色调，时而在玉臂低垂的时候，又出现圆圆的甜美小窝和宁静的拐弯，像她躯体的旁侧小教堂。除此之外，阿丽霞还像每一个退伍少校的女儿一样，受到慈爱母亲的疼爱，住在近郊住宅之中。像其他女孩一样，有时候，在沉思之际，她抚摸胳膊肘；像其他女孩一样，她学会了在清晨用小脚丫在沙土里画圈。

　　但是，这无足轻重……

　　成长中少女的生活是不能和工程师或者律师的生活，不能和女主人、妻子或者母亲的生活相比较的。我们只要想到忧思和像钟表滴答之声的血液的絮语，就够了。某人在某处说过，最奇妙的事莫过于争相吸引他人。吸引他人即某些人生存的理由，这样的人很难理解，但是阿丽霞是被严格看管的，看管着她的是金丝雀，身为少校夫人的母亲，下午散步时用皮带牵着的小狗贝贝。这些宠物对待保护人阿丽霞的默契很有意思。金丝雀唱道："贝贝，你这个小狗，把我们的小姐看好。后腿站起来！后腿站起来服务！赶走不良的念头。注意阳伞，她太懒，你要保护咱们亲爱的小姐别晒黑！"

八月一个美丽的黄昏时分，阿丽霞在小花园里的人行道上散步，欣赏着阳伞圆形小洞风儿吹过的沙沙声。小花园不大，但是可爱，有围墙，围墙上爬满蔷薇花；有一个野小子，在墙头上躺着晒太阳，揭下一小块碎砖，扔在阿丽霞身上。打在肩胛骨上，阿丽霞摇晃一下，几乎倒下来，刚要呼喊，就看见，那个坏小子既没有显出恼怒，也不显得满意，只是用第二块碎砖头又一次打中她后背。癞小子一张脸只露出睡午觉的懒洋洋脸色，冷漠和玩世不恭的样子，但是阿丽霞因为疼痛而咧开的嘴，对他轻轻微笑，野小子从墙头爬下来，消失了——阿丽霞回到房子里，反复说：

"我笑了一下……"

"阿丽霞!阿丽霞!"她母亲喊道,"吃点心,阿丽霞!"

"来啦,妈。"阿丽霞回答。

"你怎么直喘气呀,阿丽霞?谁见过这样喝茶的?"

"因为茶太热,妈。"阿丽霞回答。

"阿丽霞,别吃那块面包了,掉在地板上的。"

"为了节约,妈。"

"你看,贝贝伺候你,该给它一小块面包,有奶油的。太自私了,不害臊啊,阿丽霞——哟,哟,你干吗提这小狗的爪子呀?有什么虫子咬了你啦?怎么回事?"

"嗯,我注意力不集中。"阿丽霞回答,好像想着什么事情呢。

"妈,为什么男人都穿长裤子,我们不是都有两条腿吗?妈,为什么男人都留短头发呢?他们剪短、剃光头发,因为……因为……必须,还是他们愿意这样呢?"

"大概是男人留长头发脸不好看。"

"妈,为什么男人想要好看的脸?"

她一面说话,一面把喝茶用的银制调羹藏在袖子里。母亲说:"你为什么头发要做发卷呢?为了这世界更美一点,让阳光把光辉给每一个人嘛。"但是阿丽霞已经站起来,到花园里去了。她掏出调羹,瞧着它,瞧了片刻,拿不定主意。"偷出来了,"她自言自语,发呆,"偷是偷出来了!可是现在拿它干什么呢?"最后,她用它在树下挖掘,唉,要不是阿丽霞被砖头碎块打中,她也不会偷出这把小勺的。在外在生活方面,也许女人们不喜欢走极端,但是在内在生活每一个场合下,如果愿意,她们都要追根问底。

这时候少校回来,到了门口;这是一个结实、肥壮的男人。他大声说:"阿丽霞!你的未婚夫明天来,他刚从中国旅行回来!"

阿丽霞是在四年前她十七岁的时候订婚的。那个少年含含糊糊地问道:"您,您是不是允许,把这只小手交给我?"她反问:"什么意思啊?"少年情人含糊回答:"阿丽霞,我是请求您的手。""您不是说,我得把一只手摘下来送给您吧?"天真的少女说,满脸红云。"您不愿意做我的妻子吗?""愿意,"她回答,"但是有条件:不准您唠叨着要我身上的什么东西,没有意思嘛!""好极了!"少年情人大声说,"您自己不知道,您有多么迷人。您是倾国倾城啊!"后来整个晚上他都在街道上徘徊,嘴里念念有词:"她是照字面理解的,她以为我……只想要她一只手,就好像拿起一块奶酪似的。应该下跪才好嘛!"

毫无疑问,他是一个十分俊美的少年,皮肤白皙,红唇鲜艳,而且精神也毫不逊色于躯体的魅力。人的精神是多么丰富和多种多样啊!有些人把自己的道德建立在法律的基础上,另外一些人则将其建立在心灵的善良之上,而对于帕维尔来说,基础和顶峰则自始至终皆是少女的清纯。这样的清纯,构成了灵魂的原则,全部最高的本能都是以这一清纯气质为中心的。夏多布里昂也认为少女般的清纯乃是某种完美,从而对它发出感叹,说:我们看到,清纯始于生物存在链条的最低环节,逐渐向上扩展到人,从人到天使,又从天使到上帝,在上帝中终结。上帝本身就是宇宙间的伟大孤独者,大千世界的永恒少年。

帕维尔爱上了阿丽霞,因为她的臂肘、小手、纤足,都比一般所见更具少女特质,这可能是源于自然,也可能是借助于她父母的悉心照料;在他看来这是少女清纯的体现。

"处女,"他想,"她还什么也不理解呢。鹳鸟①。不行

---

① 孩子们说婴儿是鹳鸟送来的。

啊，实在太美了，不应该这样考虑，也许应该下跪才行啊。"

路过城里屠宰场的时候，他又想道："也许她以为，鹳鸟也把这些现成的小牛送来了？……烤小牛肉送到了母亲上好菜的餐桌？……也罢，这是崇高的！怎么能不爱她呢？"

怎能不崇拜造物主呢?！不可思议啊！大自然是多么奇妙，像处女的清纯这样的特质，在这个泪水之谷也是能够存在的。处女的清纯：这是一个特殊类别的造物，封闭、隔绝、无意识，被一道薄薄的墙壁隔离。她们在焦灼的等待中颤抖，深深地叹息，浅尝辄止，不思深入——离开环绕着自己的一切，面对低俗，把自己封闭起来、隔离开来，不为空洞言辞所动，而注重像其他一切良好标记一样的真实标记。物理与形而上学、抽象与具体的奇妙结合！从纯粹细小的形体细目汇集出理想主义与绝妙物品的海洋，这一切都和我们可悲的现实截然不同。

她吃烤小牛肉，一无所知，也没有什么猜想，天真地吃，在每件事上都是这样，从早到晚。如果她谈到蜘蛛——小蜘蛛，小蜘蛛吃苍蝇呢？啊，多奇妙！无论在客厅里、餐厅里还是在挂了白色窗帘的小闺房里，还是在……别说了！这思想太可怕！他咬紧牙关，整张脸神经质地抖动。"不，不，"他轻声嗫嚅，"她不做这样的事，她不懂这样的事，不然天上也许就没有上帝了。"但是他又觉得自己在说谎，"不过，这些事情都是在她的身外，她是心不在焉的，似乎都是机械的……"

"是啊，反正是一样，多可怕的思想！"

唉！我呢？我想着这个情况，我能够考虑这样的事，面对这样的残酷，既不会变聋，也不会变哑，而是在心里细细观察。多低俗啊！遇到这样的情况，这不是她的过错，而是我的过错，我被放纵，恶劣，面对这样的事，不能让灵魂沉默。从我这方面看，有一点没有意识到她的清纯，这难道不是我的过错吗？是的，为了庄重地爱一个少女，自己就应该有少女般的清纯和天真无邪，不然我们的田园诗就不会有什么成果。

"所以说，我想要少女般的清纯，但是怎么表现呢？我又不是少女。也许我真的可以像神甫或者修士那样，穿上黑袍，斋戒，披上袈裟，禁欲，但是，以后呢？修士、神父就是清纯的吗？不是，说一百次也不行，男性的贞洁秘密在别处。首先要闭上眼睛，第二要遵从本能。我感觉到，本能指给了我道路。是的，我是用本能去感受，虽然说不清楚为什么耳朵比鼻子更清纯,而比耳朵更怡人的是下垂的肩膀,大拇指不如食指,我怎么能够在这方面——评价形态的每一个细节呢,所以说本能才是我的指南,告诉我怎样获得男人的清纯,来般配阿丽霞。

"本能把他带到了什么地方,还有必要一一细说吗?十三、十四岁的时候,每个人都有这样的经历。父母亲派他去学买卖做生意,但是他却在当陆军士兵或水兵之间犹疑。在当兵这一行里,有的是真正的盲目服从和坚硬的床板,但是缺少的是空间。而水手比别人优越的地方是,没有异性同伴,有的是空间、大自然和自由,而且水还是咸的。大船轻轻摇摆着把他们带到远方的国度,笼罩在神奇的棕榈树和有色人种的人之间,那是一个同样不真实的世界,很像阿丽霞和她的同龄人躺在白色的床上梦见的场景。理由更充分的是,这些遥远的国度被称为处女地,那里的男人都留辫子,男人戴沉重的金属耳环,耳朵被拉长,一直到肩膀,在面包树下面拜神的人生吃战俘或者婴儿,同时所有的人都按仪式跳舞。野蛮民族的人接吻就是互相蹭鼻子,这不就是充满幻想的天真少女们脑子里想出来的吗?帕维尔在那里度过了多年。他感到惊奇的是,那儿的少女们,既没有裙子,也没有上衣，全都露在外面。真丑陋……"他想，"把美都破坏了……当然，皮肤的颜色本身已经解决了问题……既然是红色的、黑色的或者黄色的，那就不管穿不穿裙子，也很难办，白费力气——没有办法得到少女的称号嘛。"

"你叫抹泥，或者布阿土，"他对一个女黑人说，"你全身光着……你不要脸红……你全身黑黑的，光溜溜的，奇形怪状的——你不明白，衣服料子遮盖的神性的纯真而羞怯的感受。"于是她扭过头去，挺害怕的。

短裙、短衫、小阳伞、小鸟歌唱、本能带来的神圣的天真——都是高尚的，但是对我不适用。我是男人，不能耸着肩膀，也不能大摇大摆地裸露。相反，荣誉、勇气、少言，这是男人清纯的属性。但是，在与外界的关系上，我应该保存一些男人的天真，构成与少女天真对比的类似性。我必须以明澈的目光看清一切。我得吃生菜。生菜比水萝卜更清纯——谁知道是为什么？因此才味苦吧。但是柠檬又不如水萝卜清纯。

男人有奇妙的秘密，被封在七重的封漆之中——军旗，死在军旗下。其次是什么呢？信仰是大秘密，盲目的信仰。无神论者像一个妓女，人人都可以把她拉走。我应该把某种东西提高到我理想的高度，热爱它，盲目地信仰它，准备为它献出生命。但那是什么呢？什么都行。得有理想。我是一个清纯的男人，得到理想的支持！"

于是，就这样，离别了四年之后，他和未婚妻正在小花园里散步。他俩是互相般配的一对。S夫人从窗户里望着他们，欣赏着，手里正在刺绣一块餐巾，而贝贝穿过草坪追赶几只小鸟，小鸟面对这条小狗的小红舌头叽叽喳喳地飞走了。

"你变了，"青年人说，有些忧郁，"不像以前那样叽叽喳喳的，也不挥动小手了……"

"没有，没有啊，我永远都一样地爱你。"阿丽霞说得心不在焉。

"嗯，你瞧！以前你不会说你爱我。你这样的话，我没有预料到，阿丽霞——这话穿过嗓子，你舌头和嘴唇发出这个羞涩的词儿。你有点不安、激动，没有患咽峡炎吧？"

"我爱你，不过……"

"不过什么？"

"你不笑话我吗？"

"你知道,我,我从来不笑话别人的。我笑,就是痛痛快快地笑。"

"你解释一下,爱情是什么,我这个人代表什么?"

"哎,这一分钟,我等了很久啦,"他高声说,"爱情是什么?到那张小椅子上去。"

我们的始祖在天堂里听信了魔鬼的谗言,品尝了知识树的果实以后,你知道,一切都变得越来越坏。"啊,上帝!"人们祈求,"你赐给我们一点点失去的纯洁和纯真吧。"上帝看了看这一伙人,很无奈,也不知道该把纯洁和纯真放在这污秽人群中谁的身上。于是上帝创造了一个少女,纯真的承载者,把她包裹起来,送到人世间,让世人对他怀有炽烈的思念之情。

"但是已婚妇女呢?"

"已婚妇女不算什么,是令人愉快的人,是一瓶醇香的美酒。"

"可是,告诉我,为什么男人们往少女身上扔石头?"

"怎么回事呀,阿丽霞?"

"有一次,"阿丽霞说,脸上泛起红辉,"一条空荡荡街道上有一个男人,趁着没有人看见的时候……向我扔石头。"

"你说的什么事呀?"帕维尔十分惊奇,"没有听说过这样的事。"他小声说,"怎么回事?扔石头?"

"他拿起一块石头,大砖头,靠近我。太可怕了。"阿丽霞小声说。

"没有……没有什么……一定是坏人……闹着玩,瞄准玩呢。别多想它了。"

"但是为什么女同学那时候都要大笑呢?"阿丽霞说。

"为什么她们大笑?怎么回事?你说什么呢?这样的事常发生吗,阿丽霞?"

"常发生,几乎每天都是,我一个人的时候,或者跟贝贝一起的时候。"

"你的女同学呢?"

"她们也不满意。不可能不笑的,"她拉长声说,"真讨厌。"

"少见,"帕维尔回家的时候想,"奇怪呀,甚至野蛮。用石块打女孩。"这样的事,没听说过。而且,这样的事,一般都是保密不说的。她自己说,只有在没人看见的时候才出这样的事。野蛮,是的,可是又有魅力,为什么呢?因为是本能的。我就受到了感动,莫名地兴奋。嘿,少女的世界，爱情的世界，充满了这种奇特的怪事。不认识的人在街上彼此微笑，有人碰一下胳膊肘，笑得流出眼泪，或者，还有互相蹭鼻子接吻，都奇怪得不亚于扔石头。也许有一大本通用的规矩和符号，我一点也不知道，因为我常常到中国和非洲去，和野蛮人相处。

清纯的特点就是，每一件事对于纯真心情来说，都具有和实际生活中不同的意义。对于清纯的男人来说，投出的石块不是侮辱人的，不像脸上挨了一个耳光。普通人、正常的女人，早就呼喊着跑了，她却莫名其妙地笑一下，一定有深刻的意思。普通人也许只想到，赶快从打斗的地点尽可能逃走，皮肉不要受损，可是对于我来说呢，正好相反，一切都是荣誉和军旗——大旗子，或者实话实说，一大块花花绿绿的布在风中扑腾。

君主制比共和制更清纯，因为其中藏着更多的秘密，比喋喋不休的议会成员的秘密多。最高的君主是不可能有罪的，不可能受到指责，不必承担什么责任，就像一个少女，而且，在比较低的程度上，将军也是少女。

啊，生活的神圣秘密，啊，存在的无比奇妙，我在接受你厚重馈赠的时候，是不会看你的手的。相反，要鞠躬低头，屏气凝神，表示敬意和谢意，泛神论和观照，而不是对于恶劣效果的分析。清纯与秘密——是一件事，所以我们要谨慎，不可随意掀起帷幕。

阿丽霞从自己一方面出发，也专注于自己的思路。

"世界是多么奇妙！没有人直截了当回答它的问题，而总是象征地。不可能得到什么知识，帕维尔讲的自然都是传说。所到之处，围着我的都是象征和传说，就好像所有的人都串通起来反对我似的。天堂、上帝……有谁知道，这一切不是专门为了我设计出来、为我们少女们设计出来的呢。我深信，所有的人都是遮遮掩掩，都是装模作样，都是串通好了。连我妈也跟帕维尔暗地里说好了。喝喝茶，说说话，跟着小狗散散步，很好的……是的……宗教、义务、美德，可是我觉得，除此之外，就好像在屏风后面那样，还有某些意义明确的手势，有些动作，每一句这样的豪言壮语都归结为这样的手势和一个确定的点。

"所以嘛，我都想到了！一切人都穿得得体，遵守礼貌——但是，男人们一旦独自行动，就往女人身上扔石头，而女人还笑，因为打疼了。其次就是偷……我自己不就偷过一把银质的勺子吗，还在花园里乱挖，也不知道要干什么?——我妈有时候大声念日记里关于偷窃的事,现在我明白了那是什么意思。有人偷东西,吹着气喝茶,用脚踢狗,都是为了自卫,这就是爱情——而让女孩子们保持浑然无知……这样就觉得舒服……至少。我全身都哆嗦起来了。"

阿丽霞致帕维尔:

帕维尔!这跟你说的话有点不一样。让我觉得着急得很!昨天我听我妈跟我爸说,失业的人"数量增加"得厉害——他们"半裸着身子",吃恶心的残羹剩饭,而盗窃、斗殴、抢劫增加,像沾了发酵粉。你要把情况都告诉我——说说,他们为什么接受"残羹剩饭",为什么"半裸着身子",帕维尔,我要求你,让我知道,我该听谁的话。永远是你的——阿丽霞

帕维尔致阿丽霞:

最亲爱的阿丽霞!什么把你小脑瓜里面搅乱了!我

凭我和你的爱情发誓,不要想这些事。这些事是有的,有时候能遇见,但是如果老想着这些事,就有丧失清纯的危险——到那时候该怎么办呢?清纯当中包含的真实会脱离现实的污浊而飞升到天上!让我们少知少见,让我们纯真地生活着,让我们依靠我们少年清纯的本能活着,让我们谨慎,不要想不该想到的地方,我一认识你,当时就想到了这个道理。知,令人污秽,无知,令人优美。永远是你的——帕维尔

"本能,"阿丽霞想,"本能……是的……可是这本能需要什么,我到底需要什么呢?我自己也不知道……死亡,或者吃点什么苦味的东西。只要……我就得不到安宁……我无知,眼睛上有障碍,像帕维尔说的,有时候甚至很害怕……本能,我少女的本能——是这本能给我指路呢!"

次日,她对未婚夫说话,未婚夫全神贯注地瞧着她的胳膊肘:

"帕维尔……我常常有一些奇奇怪怪的想象!"

"那好啊,最亲爱的,我对你的期望就是这样的啊。"他回答说,"如果没有随想和想象,那你成了什么啦。我就崇

拜你这样纯粹的天真烂漫!"

"但是我的想象是奇怪的,帕维尔……我都不好意思说出口。"

"既然是无意识的,就不会有别的想法,"他回答,"想象力越野性、越奇怪,我就会用越大的热情去实现,你是我的小花儿啊。因为我服从它,我要崇拜你的清纯和我的清纯呢。"

"但是……你看见了,这——这不是……我至少有这种渴望。告诉我……你也……像其他的人一样……有时候也偷东西吗?"

"你把我当成什么人了,阿丽霞?你的话是什么意思啊?你难道能喜欢一个因为这种行为而有污点的男人吗,哪怕只喜欢片刻?我一向努力做到配得上你的清纯,当然是在男人的行为方面。"

"我不知道,不知道,帕维尔,但是你告诉我,是不是有时候,你知道,你骗过什么人,或者杀死过,或者……裸着身子走……或者在墙头上睡觉,或者打人,或者舔一个人,或者吃过什么恶心的东西?"

"哎哟你个小丫头!你胡说什么呀?从哪儿来的这些想

法？阿丽霞，你得想想……难道我应该去舔别人，或者欺骗别人吗？我的名誉呢？你疯了吧？"

"啊，帕维尔，"阿丽霞说，"多么晴朗的一天，一丝云彩都没有，阳光强烈，得手搭凉棚。"

他俩聊天的兴致正浓，绕过了整所住宅，来到厨房前面——附近的一堆垃圾上面有贝贝乱扔下的骨头和一小块一小块粉红色的肉。

"你看，帕维尔，骨头。"阿丽霞说。

"快走吧，"帕维尔说，"快走吧，这儿的气味难闻，还有厨房里使唤丫头们嗷嗷的吼叫声。我奇怪，怎么你这个甜甜的小脑瓜里滋生出这乱七八糟的想法。"

"等等，帕维尔，等等——先别走——我看贝贝还没有把骨头啃完呢……帕维尔……哟，我是什么人——我自己也不知道……帕维尔。"

"怎么，最亲爱的，你不舒服啦？因为天气热，太热了。"

"不是，根本不是……看，它瞧着咱们呢，好像要咬死咱们似的，把咱们吞下去。你是不是很爱我呀？"

他们站着那块骨头前面，贝贝想起来了，又闻了骨头一下，舔了舔。

"我是不是爱你？当然了，我这样的爱情，大概只有在深山里才能找得到呀。"

"我心里想，帕维尔，你能啃啃——就是说，跟我一块儿啃一啃垃圾堆上的这块骨头。你不要看我，我的脸都红了，"说着她向他身上偎依，"现在你别看我。"

"骨头？什么，什么，阿丽霞？你说这块骨头吗，啊？"

"帕维尔，"阿丽霞说，直向他身上靠，"这……块石头，你知道，在我心里引起特殊的不安。我什么也不想知道，你什么也别说——可是这个小花园、玫瑰、墙壁和衣服的白颜色让我不放心，唉，我不知道，我也许愿意后背被别人打伤……石头悄悄告诉了我，从后背告诉我，在那墙外面有一点东西——只要我吃了它，啃光了这块骨头，就是说，和你一起把它啃光，帕维尔，你和我，我和你，我必须，必须，"她猛烈地强调，"不然我年纪轻轻就得死！"

帕维尔万分惊奇。

"小丫头，这骨头跟你有什么关系？你疯啦？如果你一定要的话，就让他们送一大碗牛肉汤来。"

"我要的就是这个，垃圾堆上的！"阿丽霞大喊一声，直跺脚,"得偷偷地,怕厨娘看见!"

突然,他俩之间爆发了小摩擦,又热又晕,像七月灼热的阳光,但是太阳已经快要落山。"阿丽霞,太恶心了,气味难闻,发臭,想起来就要吐,因为这儿的女厨子把泔水都泼到这垃圾上了!""泔水?我也恶心、要吐——我也害怕泔水!相信我,肯定的,得啃,帕维尔,得吃!大家都这么做,我感觉到了——快,趁着没人看见。"

他俩争吵了很长时间。"它恶心!""这是盲目的、奇怪的、秘密的、害羞的、美味的!""阿丽霞!"帕维尔终于大叫一声,揉了揉眼睛,"看在上帝的分上……我不能不怀疑你。到底怎么了?我做梦了吗?上帝在上,我不想刨根问底,不感兴趣,但是……你是不是跟我开玩笑、逗我玩呢,阿丽霞?这儿出了什么事?石头块,你说?怎么可能,有人扔石头,于是就……勾引出一股胃口,要啃骨头?但是这太粗野,太——不是少女的本能,这是——从手指头上吸出来的。"

"手指头?"阿丽霞反问,"帕维尔,我的手指头不是清纯的吗?你自己就说过,要闭上眼睛,什么也不想,要安静,要天真烂漫,要纯洁和——哟,帕维尔,快一点呀,瞧太阳直闪光，那个小虫子在树叶上慢慢地爬呢，我再也忍不住了！我告诉你，人人都是这么干的，只有我们……只有我们不知道！嘿，你还觉得，什么时候也没有人对别人……可是我告诉你，每天夜里，石头都嗖嗖地飞，像下大雨一样，连眼睛都来不及眨一下，在树影里，大家就饿得啃骨头和垃圾里的剩饭，半裸着身子！这就是爱情——爱情。"

"嗨哟，你疯了！"

"住嘴！"她大喊，一面拉他的衣袖，"走，啃骨头去！"

"不去，不去不去不去！"

在激动和无奈中，他可能一拳头抡在她身上的！可是，就在这一刻，他们听见墙外面传来打击和呻吟的声音。他们跑了过去，从攀援的蔷薇枝叶后面探出头来：那边，在街道的一棵树下面，一个光着脚的姑娘用嘴吸吮一个抬起来的膝盖，她痛得直哆嗦。

"怎么了？"他小声问道。

话音未落，一块石头又噌的一声划破天空，打在她后背上，她倒了下来，但是立即又站了起来，一步跳到树木后面；从深处传来一个男人的咆哮：

"我跟你没完！还得打你！你等着瞧！你个做贼的

丫头!"

空气吹拂,灼热,连大自然也沉默了,这是一个颤抖而芳香的时刻,即将忘记的时刻。

"你看见了?"阿丽霞嗫嚅道。

"什么?"

"他们往姑娘们身上扔石头……扔石头……为了解闷,为了取乐……"

"不是,不是……不可能……"

"你不是看见了吗……走,那骨头等着咱们呢,咱们啃骨头去!咱俩一块儿啃,你愿意吧?一块儿啃!我和你,你和我!你瞧,我都咬住了!该你了!该你了!"

(杨德友 译)

遭 遇

一

一九三〇年九月，我乘船前往开罗的时候，坠入地中海。坠入的时候，发出巨大的水声，因为当时水面平静，毫无波纹。但是，人们发现我却是在下一分钟，轮船已经离开了大约五百米；等船终于掉过头向我驶来的时候，着急的船长把船开得太快，仓皇之中越过了我正在咸水当中扑腾的地点。于是它又掉头，对准我，但是这一次又以火车的速度错过了我，停船的地点又太远了。这样调转了大约十次，十分顽强。这个时候，有一艘私人的大汽艇来到，把我接到甲板上。我看着那艘轮船东方号渐渐离去。

汽艇的主人，也是船长，下令把我捆起来，送到甲板下面的一个舱房，因此，在他当着我换鞋的时候，我看见了他白色的脚掌，无意中流露出诧异的表情。虽然他的脸是白肤色，我本来以为，脚应该是黑色的，像墨水一样，但是却完全是白色的！就因为这个情况，他对我极为痛恨。他知道，我看透了他生理的秘密，这个秘密，除了我，全世界没有第二个人想到，这就是说，他是一个白肤黑人（但是，实际上，这个情节不过是一个借口而已）。在以后的八个月里，船一直不断地航行，一直向前走，穿过各样的海洋，停泊也仅仅是为了添加燃料——在和我的关系上，他一直享有无限的自由；我被关在这黑乎乎的舱房里，得听从他的摆布。

显然，在这种尺度的自由之中，无论是怎样的痛恨，也必定很快化解；而即使这样，如果他要把我残酷处死，那与其说是为了让我遭受痛苦，还不如说是为了他自己的满足。他盘算了很久，需要利用我来感受一番他自己永远也不敢体会的经验，就像某个英国女人那样，把一个小虫子放在火柴盒里面，扔到尼亚加拉大瀑布里面去。最后，终于把我拉到甲板上来，除了恐惧之外，我还体会到了思念、惋惜、感谢之情——因为我必须承认，他为我考虑的死亡方法，差不多和我在早期童年时期朦胧想到或者做梦遇到死亡的方法一样。用特制的容器——我不想描写这个容器——完成极端困难的事：把我装在一个玻璃缸里面，这玻璃缸是一个巨大鸭蛋的形状，大得让我可以自由挪动手脚，但是又太小，让我不能够改变躺下的姿势。

玻璃厚度为三厘米。整个表面上没有一点连接的痕迹，只是在一处钻了一个不大的窟窿，透气用的。你们拿一个大鸭蛋，用针扎一个孔：这就是我身处其中的大蛋，我在里面享有的空间，和一个小鸭胚胎享有的空间一样。

这个黑人给我看大西洋的地图，指出轮船的位置：我们大约是在大西洋的中部，在西班牙和墨西哥北部之间。强大的墨西哥湾暖流从那儿、从北美流向英吉利海峡，沿着英国和斯堪的纳维亚半岛的海岸流动。但是，在地图上可以看出来，在距离欧洲一千英里远的地方，湾流分叉，向南的一支往下转弯，向右，成为加那利洋流。然后加那利洋流又向右转（或者，在地图上是向左），称为赤道洋流，靠近塞内加尔和冈比亚；接着，赤道洋流向右转（或者向上），成为安的列斯洋流；它又向右转，和湾流汇合，一切又重新开始。就这样，这些洋流形成一个封闭的圆圈，直径大约一千五百到两千公里。如果你们从我们这艘船甲板上往海里扔下一块木头，你们可以确信，经过半年，或者一年，也许三年，那奔涌的水流会把它从西面送回来，返回它被扔出去向东漂走的那个地点。

"我们把你装在玻璃缸里抛进海水。"可以这样总结这个黑人的话语,"任什么暴风骤雨也淹不死你,你身边有一大包裹,里面有三千个小包的肉汤,按每天你吸着喝下去一小包计算,够你喝十年的;你还有一个虽然很小但十分有用的过滤水的器具……何况,水是永远也不缺的;水很充足,随用随取,你在水波上面、水波下面漂游,没有方向,循环打圈,一漂就是十年;到了后来,肉汤包没了,你的尸体还会按既定的路线继续旋转,一次打一个圈,一次打一个圈,永无止境。"

他把我抛进了海洋。大鸭蛋立刻深深沉入水中,然后又漂升上来……飞奔而来的大浪(那天风大,没有阳光,水面波浪很深,不断地运动,越来越厉害)把我抛到冒出沫子的绿色浪尖,瞬间又深深投下——再把我提升上来,在轰鸣和飞溅当中,我被吞进浊流。水下是宁静的,绿色的。我刚刚返回看到混浊不清的天空,像是上帝在我头上伸出的一根手指,一面垂直的洪水大墙就把我卷进漩涡的深渊,这一次至少也有一分钟。第三波水浪承载着大蛋,平稳,时间较长,把我推到舱内前面,我在它的一侧滑动,在水平的水面得到些许的安宁。接踵而来的是第四、第五和第六大浪。暴风雨终于来临！巨大而倾斜的驼背怪物把我推到高悬的顶峰，立即又投进深渊的底层！——当然是谈不到大水悬崖把我淹死的。这个黑人的船跟随我，跟随了两天——最后，终于疲倦了，也厌腻了，扬长而去。

遵照推荐给我的办法，我每天吸一小包肉汤，喝过滤水，水是用一根橡皮小管吸进来的。就这样我得以安抚对于那些从冒出烟雾的、几层楼高的邮轮上望着大海的人，他们不能投身大海。在无穷的运动当中，我无法确定我运动的规律，不能够猜测，谁是在把我托起来，还是拉进去，还是搅动一下再加以抛弃，我是脸朝天，还是背朝天，也永远看不清楚是否在前进——虽然我知道，是在向前走的。其他的什么也没有，只有大水的山峦和平原，呼啸声和迸发轰隆声，小间歇泉、偶尔的汩汩声，推挤起来的、掀起的、直上直下的大水高墙，大墙从侧面倾斜，不知道在哪儿消失，就像我下面的大水团，忽然拱起，顿时落下，扬长而去的大水山岭，顶峰上看到的景色和平原上看到的景色，山岭和平原，浩渺大洋的杰作。有一次，我发现，在大约两公里远的地方有一根陪伴我二三十天的孤单的木梁——慢慢地，慢慢地离开，在混浊的、充满雾气和咸味的远方离去。

在那一时刻，我很想在我那个大鸭蛋里面呐喊，因为我明白，那根木梁已经被送往欧洲的海岸，而我却被卷入湾流向南的分支，向着加那利群岛方向去了，这样就永远留在这个封闭的循环圈子里——一圈、一圈、一圈地循环，没完没了——这个黑人计算得准确无比！但是，我没有呐喊，我开始唱歌，因为大海的自然元素推动我唱歌。

法国海运联合会的一艘大船开来，砸碎我大鸭蛋的玻璃，把我救了出来。这一次的漂泊总算告终。但是，这是两年以后的事了。我在瓦尔帕拉伊索港下船后，立即开始逃跑，要逃脱这个黑人，因为我看出来，他是要继续迫害我的。

二

这个黑人要迫害我，比天上的日月星辰更加确定不移，原因就是：一个人如果品尝了另外一个人特殊的韵味，比如他对我——或者，说得更明确一点：一个人品尝了和某一个人的游戏，他就永远也摆脱不了，就像一只闻见了人肉气味的老虎一样。在人肉中，无疑有某种在人体之外无处可寻的东西。所以我奔逃，穿越了整个美洲大陆，然后继续往西——而地球上一切地方之中最危险的看来就是冰岛。毛病出在我没有经受住雷克雅未克海关官员的目光——我认罪了。我从来没有欺诈过，眼睛直直地看着海关官员的眼睛，抢先打开皮箱。走开的时候，总是得到他们的赞扬。但是这一次，内心的不安没有经受住官员目光中无声的谴责，我承认了——虽然我的行李里面没有什么违规的东西，但是我却不是完全没有问题，因为我是在走私我自己。官员实在没有费多少周折，但是肯定通知了应该通知的人，因为不到两天，那个黑人就出现了，把我带回他那条船上。

这样，我又回到甲板下面的舱房，忍受奴役，让这个黑人得到满足；他开船，想到哪儿去就往哪儿开，不惜煤炭和蒸汽，他自己则无休止地权衡设想，在无数的命运中挑选命运，在地图上无数的地点中挑选地点：都是为了要虐待我。至于我，我自然逆来顺受，就是说，这一切都是生来命里注定的。但是我知道，结果会怎么样：肯定不是我完全不知道的、全新的，而是某种我知道、也许竟然是我早已经向往的——结果。被闷热关闭了漫长的几个月之后，终于有清凉的海风拂面吹来，我看见，轮船艉部的甲板弯曲，因为上面放了一个钢球（更可以说是一个锥体），形状有点像炮弹。

为了这样的舒适，船长肯定花费了几百万。我立即明白了，这个钢球里面是空的，因为如果不是空的，那我往哪儿藏身呢？的确，扭开侧面门栓时，我往里面看了看，看到了一间小屋——普通小屋的尺寸。这间钢制小屋没有装饰品，没有附加物，我表示欢迎它，当成我的小屋。但是，虽然钢球球壁厚度超常，我却还不清楚这个黑人的意图；他告诉我，我们到了太平洋的一个地方，这里海水的深度世界第一，达到一万七千米，这时候我才明白……虽然我的后脖子和手指尖都感觉到了恐怖，我还是用嘴角神秘地微笑了一下，欢迎我早已熟知、早有所闻、很久以来一直属于我的境地。

因而，我就应该是一个即将感受钢球轻微碰撞我们下面深渊之底的活人，唯一一个在甚至连甲壳类动物都没有的地方活动的人。是唯一被给与绝对的——黑暗死寂和无望的人。总之这是完全出人意表的命运。至于这个黑人，他却怀有极大的好奇心（还不仅他一个人），想要知道那个地点究竟有什么东西；让他感到烦闷的是，那个地方对于他来说，是永远不可企及的，那个寒冷的石头世界超出他能够承担的范围，他在水面上航行的时候，那个世界在下面静止不动。所以，他极想知道，就不足为奇了，明天在这个时候……明天他当然会知道的，因为我要穿过十七公里深的海水，到海底去探索；他不会向外界泄露，他要保存深渊渊底的秘密，因为是他把我放到深底当探测仪的。

但是，在我就要走近这个死囚牢房的时候，他却发现，在计算方面出了错误：尽管钢球球壁非常厚，但是重量依然不足，不足以沉到海底。所以，这个黑人提议把一个大钩子固定在钢球上，钩子上安装锁链，锁链下端绑上压舱物一类的重物，这重重的东西把我拉下去——重物的设计要合理，不能让下沉的时间太长。

黑人最后一次给我看地图，让我记住，在我咽气的时候，眼睛要盯住一个点，让我和这个点永恒地结合起来。把我关进钢球，最终的黑暗到来，我感觉到了突然的震动，我被推进大海，我开始下沉。但是我必须说，我所感受到的，和我预期感到的，是截然不同的。在这个时刻，我确实期待着与现实的某种关系，但是与此同时，钢球球壁的黑暗和粗糙使得我完全丧失了对正在发生的事态的感受，我只知道，我正在落入水中，在下坠，在下沉，向下运动，向下飞落。我蜷缩在钢铁地板上，呼吸急促。但是，在我连续两个小时的旅途结束的时候，只有一个不大的震动。这个震动证实，我掉在海底了！我灵魂的眼睛看到，压舱物怎样触及海底，然后钢球怎样急速砸在压舱物上，接着又向上反弹一下，拉紧了铁链。就这样，我终于到了那儿，那个地点，大洋最神秘的地点，我到了，我还活着！我一只脚碰了一下另外一只！在上面，就在我的头顶上方，十七公里上面，是那个黑人；这个黑人正在美滋滋地想着，他自己已经知道，在这个无法到达的海底有什么情况正在发生，他已经确立了自己的意志，投下探测器，把冰冷、陌生的海底加热，用来折磨我。

但是折磨逐渐地发展到了紧张的地步，我开始担心，折磨令我感受不到痛苦和疯癫，把一切、把我全然变成一种匪夷所思的狂人舞蹈。我开始忧虑，这折磨变成十分缺乏人性的东西，让这个黑人不可能从中得到任何的收益。长话短说吧。我现在只记得，在钢球最后稳住以后，我已经说过，那从第一瞬间就是最大的黑暗，现在更加强化，所以我必须用双手盖住脸，手一旦盖上以后，就连一秒钟也不能拿开了，简直贴在了脸上。而且，我的意识再也忍受不了这可怕的挤压、残酷的压迫、紧张，我开始感到窒息——在相对较好的空气中，我在想象中感到了窒息——提前经受到窒息，我在喘气，这大概是最致命的窒息形式。最坏的是，我痉挛的动作，虫子似的动作，在这里，在这隔绝的处境当中，因为没有目的性而可怕，把我控制起来的是面对自己的恐惧，我无法承受自己的动作。我的个性从这残酷的水下深坑中冒出，非常不同于在日光之下的时候，相对于（在这里，我可以使用这个词语）在上面的时候在夜色中——现在变得妖魔般地丑陋！我的苍白——十足的黑暗似乎给它带来了色彩和表情，这种向内部渗透的苍白色是盲目而聋哑的，被封住了声音，实际上有别于一切的苍白，那些苍白虽然最是妖魔怪异，但还是可以看到的——还有向上冲起来的头发，在这里，在钢铁监牢之中，在水下，其可怕的程度，大概就像在这一状态中可怕的呼喊声——这样的呼喊，我全力压制下去了，因为一旦呼喊，接踵而来的必定是发疯——我可真不愿意发疯。

唉，我简直说不出来，我们这个"我"一旦被移植到陌生的环境里会变得多么可怕——还有，人被当成探测器是何等地不人道，还有，非人性超过了一切人可能遇到的恶。但是我不必说这个事了——我倒愿意描写一下我逃出这个陷阱的办法。我立即开始——实在刻不容缓——扑打、窜动、使劲向上跳、全力冲撞球壁（这个做法多半也包括在这个黑人的计划范围之中，就让他在上面等着吧），我竭尽全力推、靠，撼动钢铁、抖动和摇晃，非要造成效果不行。这样发狂的折腾显然造成了一点效果，在外面形成了一点摇动。我不知道是不是铁链子崩断了，也许铁锈腐蚀断的，或者钩子脱了链环，或者没有绑好的压舱物受到晃动而脱落，总之，解救突然来临，劫难了结，松了一口气……钢球上升，速度越来越快，几分钟以后，受到巨大升浮压力的推挤，我像一个酒瓶软木塞一样窜到空中，大约至少有一公里高。

很快，哈里发克斯号商船人员把我救起。那黑人怎么样了，我不知道。也许降落的钢球把他的游船砸烂，也许事情的经过让他心满意足，他走了——回去品味去了。总之，很长时间，我没有看见他。哈里发克斯号转向佩尔南布科，我从那儿返回波兰休整。

就在这个时期，一颗巨大的火流星坠落在里海里面，海水在片刻之间蒸发殆尽。堆积、沉淀下来的淤泥大墙把大地包围，高悬其上，随时会造成第二次大洪水；太阳有时候在巨大土围子中间撒下炽热的光线。世界上一片焦虑。谁也不知道怎样才能毫无损伤地把无精打采的巨大躯体送回他们的床榻上去。最后，有一个人想到，去抓挠它的躯体——正好向干涸海面飘来的——它最浓重粉红色悬挂着的沉重的部分，它立即乐不可支。它打开了窗口。全部放完之后，在它腾出的蓝色空间中，开始涌出另外的大团乌云，于是大水涌来，有序地、机械地、自动地，汇聚而来，重新造出大海。

三

我返回桑多米尔省的乡下，休息、打打猎、打打桥牌、到邻居家串门……在邻居家里有个年轻女孩，我真想给她穿上洁白的服装，戴上桃金娘花环。处处都很安宁。那个黑人，我已经说过了，跑到什么地方去了，也许根本就没有了，除此之外，秋天在不知不觉中来临，落叶萧萧，空气一天天地清爽，激起人的种种情绪、思念、奇思异想。我开始想着游戏，要建造一个蒙特格菲尔式的气球。说要造气球，很快就造好了。气球球面是特殊的、不透气的布料，很轻、很坚韧，浮力来自热空气。在下面，布料用一个铁环箍住，这样，就留下一个大的开口——在开口处装上一个普通的汽灯，固定于焊接在圆环的铁叉子上。把汽灯点燃，打开阀门，让气球膨胀起来，让联结吊篮的绳子拉紧。把气球折叠起来，很容易在谷仓里保存——充满气后（大约用一小时的时间），它平均高度是三十到四十米。

解决这一最大困难，方法却如此简洁，亦即，对这样大尺寸的气球使用小汽灯，与其说是依靠个人的技术能力，不如说控制了自然的某种反复无常的变化。我不否认，我第一次坐在吊篮里的时候，看到头顶上方正在生成的庞然大物的时候，是有点害怕的——但那是轻盈的大物，舒适、空荡的内部，像个婴儿。

气球加热的过程：巨大气球的膨胀、线条的拉紧、弹性的增加、汽灯的嘶嘶声等，都带来很多的愉快。我必须等待，等着空气膨胀到相应的程度。最后，突然之间，气球很快地向上冲去，我赶快拧紧阀门，气球也还是到了花园里最高树木的上方才停止上升。微风把气球吹向熟识邻居方向的田野上方。我越过森林和河流、村庄，村庄里感到钦佩的树枝向我发出沙沙絮语和问候之声——我在熟悉的庭院上方五十米处，在我熟悉而感到亲切的廊柱和小径的前面。我关闭阀门，气球静静落在草地上，旁边的房屋就像儿童的小玩具一样。真是无比惊奇啊！对我和我这个气球的笑容、赞扬、夸奖，数不胜数！谁见过这样的情景啊！为了观看，大家都中断了下午茶——然后请我去喝咖啡，品尝奶酪和面包果酱，然后我只请一个旅客进入吊篮，拧开阀门。

这样的游览在感觉上的舒适首先在于气球巨大和充满热气，还有就是：1）可以在众人头顶上方飘移，但是他们把手举得再高也抓不到我们；2）遇到房屋或者树木，可以立即上升，片刻之后立即降落；3）气球虽然巨大，但是惊人地敏感、沉稳，能够感受到空气的任何一点摆动，而我们在篮子里，和这个气球一模一样，感觉到了它令人愉快的童心；4）轻轻吹拂他人面颊的和风任意转向，我们什么时候也无法预见自己在空中的遭遇；5）除了一盏汽灯，气球上没有机械，甚至连煤气也没有，只有——坚韧的布料、绳子、篮子、我们和空气；空中只有布料、绳子、篮子和我们；6）第六，也是最后的一项：在草地上移动的气球阴影。但是，气球上这位乘客给我带来的愉快超过了气球本身。在宽阔草地、田野和森林的上方，我平生第一次和人结识，长时间地、越来越亲近地结识，而她很乐意倾听我的言语，我心里很想亲吻她纤小的、倾听的、善解人意的耳朵一千次。但是，虽然女人都喜欢荒诞浪漫的故事，我却没有提及那个黑人和我其他的遭遇——因为难以解释的和火辣辣的羞耻感向我提出警示；我没有多说话。

交换戒指的日子到来，紧接着就是婚礼的大喜日子。在那一段日子里，不吉利的事我一次也没有想到，我驱逐了全部的回忆，我为她和气球生活，从今天、从昨天开始生活，还要去迎接未来，走上平坦而宁静的幸福道路——连噩梦都放弃了我。没有……没有一次节外生枝的事……没有考虑到那个……确实曾经存在过的……但是那已经没有踪影……白桦树依然是白桦树，松树依然是松树，柳树依然是柳树。可是，没想到出事，还是出了事。——有一次，就是在地方教堂举办婚礼的一个星期之前，我感受到了婚前喜悦的激动，亲朋好友都表示良好祝愿和祝福，这时候，我突发奇想，要在暴风雨之夜乘气球出游。我只不过想要感受一下强风中的振荡，我要强调，我没有其他的意图，没有其他不可告人的图谋。就在这个时候，大风以疯狂的力量（实际上这可能不是大风,而是改头换面的黑人)把我卷起来,在狂吹了许多个小时之后,突然升起黎明的天幕,我不能相信自己的眼睛——我下面是波涛汹涌的黄海。

我立即发现,那里就是尽头……又是开始……重新……还有……还有……等着我的是可怕的中国事物……我最终告别了白桦树、松树、柳树,还有熟悉的面庞和眼睛,现在不得不接受新景色:歪歪扭扭的宝塔、和尚、偶像、大官人和无处不在的龙。汽灯里最后一滴煤油烧完以后,篮子降落在一个不大的海岛岸边。从附近的芦苇丛里走出来一个中国人——一见我他就大喊,就向我跑来,但是我开始对他摆手,让他止步因为(不言而喻)他是麻风病人。他站住了,犹犹豫豫地,注目望着我,发出含混不清哼哼嗨嗨的说话声音,似乎表示惊奇,又触摸自己难堪的、疙疙瘩瘩的皮肤——又指给我看远处用茅草搭起来的简陋茅屋。他一直盯着我瞧,我不太明白,他到底在瞧什么。他注意到了什么东西——我预感到……但是我跟着他继续走。

刚一到达居民点,我浑身的皮肤就开始躁动——因为恐怖而绷紧、麻木、痉挛、发僵!整个村庄的人,无一例外,都是麻风病人,老年人、男人、女人、少女、少男——都患麻风，只有几个小孩皮肤显得光泽鲜亮。这种病在这里的形态，就我所知，被称为 lepra anaesthetica，或者 lepra elephantiasis（象皮病），一切都是凹凸不平的、疙疙瘩瘩的、冒出赘疣、隆起、肿胀，发黑的、褐色的脓包、污秽的红色，这是脓肿造成的脓疱、鳞片坠落物、脓水硬壳、板结。他们并不屈从和显得卑微，向他们的兄弟们那样；这些人在亚洲的城市里，一见到他们就是十足地厌烦，大呼小叫地躲避他们。嘿，一开始就得承认，不，他们和谦卑谨慎毫无共同之处！恰恰相反，他们把我团团围住，向我拥来，好奇心大，而且不懂礼节，伸出长着扭曲指甲的手指头，我不得不向他们猛扑，攥紧拳头威胁他们。他们立即消失在茅草棚里。我赶紧逃离他们的村子，但是跑出去几百步远，我一回头，却看见这一伙人又从茅屋里钻出来，从远处跟着我的脚步赶来。我跺脚。他们消失，但是片刻之后又钻了出来。

这个海岛不超过十五平方公里，而且可以说，完全不适合居住，地面大部分都是浓密的森林。我走得不太快，但是不停顿，不太紧张，但是不灵活，不太惊慌，但是稍微加快了脚步——因为感觉到浑身布满脓疱的怪物就跟在我的背后。我不想回过头去，我要假装，我什么都不知道，什么都没有看见，只有我的后背在警告我他们在慢慢地逼近我。我走，接着走……向各个方向走，像一个游客、一个研究人员，一会儿到这儿来，一会儿到那儿去，越走越快，像一个兴趣专一的人，但是到后来发觉地方不够宽阔，没有树木的地方全部考察完毕，于是我踏上一条小路，走进浓密的森林。他们现在逼近得多了——就在近处，我都听见了他们的细语和拨开树枝的声响。瞥见了在灌木丛后面拨弄的疙疙瘩瘩的皮肤，我向左急转，因为在藤蔓当中看见患晚期象皮病的手，我箭步跳开，来到一小片林中空地。他们就在我身后。我又跺脚，他们后退，进了密林。我继续逃窜，他们一群又呼呼地来了，纠缠不休，像老鼠一样，他们说话的声音、呼吼的声音、胳膊肘乱闯的声音，越来越莽撞。我的每一根头发都竖了起来——这些浑身盖满赘疣疙疙瘩瘩的东西，在我身上到底看见了什么？他们要什么？女人们都知道这个：身后有一伙解开铁链的恶棍，粗口说笑话取乐，她们只好低着头赶路——我的处境就是这样的，一模一样……

他们要干什么？我还没有弄清楚，没有立即捕获这新的意思，但是我已经提及处境的类似……我脱离了原来的地方，突然被投放到了这个海岛——如果我好好想想这场遭遇的本质，想想教堂和白婚纱，那么，情况就会是另外一个样子……总之——显然，是我煽动了他们，煽动的方式特殊——虽然我不能猜透他们激动的根源和他们呼吼、哄笑、下流笑话的含义，但是那无疑是丑恶、放荡、淫秽——在怪物男人的声音里，我感觉出一种野蛮的残酷，在怪物女人的声音里，感觉出那种令人不齿的欢乐，毫无疑问，在一切种族、地理上一切纬度的地方，这种乐趣都只是由两种精神状态引发出来的：天真烂漫和不成熟……是的，我还是可以适应麻风病的，但是不能同时适应麻风和情色，上帝保佑，不能适应情色的麻风！所以我像发疯一样地奔逃！见此情况，他们继续在我身后呼号着追逐我。但是，他们患象皮病的烂脚丫赶不上我惊骇得发疯的奔逃！我藏在一棵大树宽大的树冠后面，拿起一个大棍子，武装起来，发誓砸烂第一个走近的人的脑袋。

于是，在我面前，一点一点地展现出来地狱般的混杂场面——这种折磨的地狱般的内容……我发现了类似情况的全部复杂机制，这一机制把想象化为现实。这个小岛，有三百年或者二百年没有停靠过船只，它被忘记了；这类荒野小岛的情况常常就是这样。小岛上的人在记忆中，和在他们父辈、祖辈的记忆中，就没有见过有人来访。

是的，但是应该怎样理解这种淫秽态度、色情的挑逗、可怕的追逐和追捕我的欲望呢？啊，对啦，不难！不难——只需深入体会这个黑人的灵魂的心理即可，是他组织控制了这一切（在这方面，我已经有经验）。从没有记忆的时候，大概几代人的时间，也许四代吧，麻风病就传染了他们——于是祖祖辈辈地，他们认可了这种病疫，把它当作人类的自然特征来接受……在他们眼里，脓疱对于人类就像对于蝴蝶一样地自然而然——这是皮肤的花色；肉疙瘩也是自然的，像雄鸡的鸡冠一样；一个人如果没有隆起、没有脓疱，他们倒是很难想象的，就跟我们想象不出来有谁连一根毛发也没有一样。因为孩子出生下来健康、有光泽、纯洁——因为几年以后感染疫病，皮肤开始变粗、出现鳞片，随着成熟时期到来……到了初吻的时候……爱情的嬉戏……所以看到我皮肤光滑得可笑，一点疙瘩也没有、细腻得滑稽，像一个杂技演员，长了一张玫瑰色的小脸（唉，是啊，对于他们来说，隆起、斑点、鳞片、星星似的、纺锤形的疙瘩，就等于蝴蝶的五彩颜色，就等于把儿童变成男人的毛发）——他们一定是想着这件一直想着的事。他们肯定用胳膊肘互相推挤、逗笑、勾引我，却注意到我怕他们，我受到羞辱和欺负而逃跑——一定是嘻嘻哈哈地趁着自己怪异的成熟劲头、猛烈追逐我担惊受怕的天真烂漫——遵循了控制住学校少年们的那种严酷规律！

我在这个岛屿上度过了两个月，活得像猴子一样，在树窟窿里躲藏，在浓密的杂草里藏身，爬到棕榈树上逃命。这些怪物对我施展了有序的追捕。最令他们感到娱乐的莫过于我因为躲避他们的触摸而表现出来的羞怯——他们埋伏在草丛当中，突然跳出来，发出色情的、欢乐的吼叫——如果不是他们那股 odor hircinus（拉丁文：羊臊味），如果不是他们变样走形的四肢行动不便，以及促使我力量猛增的绝望中的恐惧，我大概落入他们的魔爪一百次了。但是，首先是因为我的皮肤，我浑身的皮肤时时刻刻在痉挛，皮肤变得敏感，受惊吓而颤抖，名副其实皮紧肉跳，疲惫不堪，惊惧持续。我变得只剩下了我的皮肤——靠着这一身的皮肤睡觉、惊醒，皮肤是我仅有的东西，是我的一切。

最后我偶然发现了一定是来自一艘沉船的几瓶汽油。我成功地为气球充气——我飞走了……但是，在我重又看到山毛榉、松树等等以及熟悉的眼睛的时候，我到底该怎么办呢？我该开始做什么呢，我皮肤平滑，没有脓疱，没有硬痂，没有疙瘩，没有隆起……我该怎么办呢，能干什么呢，现在白里透红，像健康幼儿——我怎么面对这些熟悉的眼睛呢？

但是，既然我办不到，就是办不到了，于是我离开了和我分离开来的……何况，很快又有其他冒险的事吸引了我，是啊，我就是不缺冒险和奇遇的事。在一九一八年，是我，不是别人，穿越了德国人的战线。众所周知，战壕一直延续到了海边，实际上那是干燥的、很深的沟渠系统，长度有五百公里，没有间断。我一个人的头脑里突然生出一个简单的念头，要把这个沟渠灌满海水。于是半夜里我悄悄潜伏过去，挖开一道沟，把壕沟和海水连接了起来。大水奔腾而来，不可遏制，淹没了整个前线，协约国的军队惊奇万分，眼见德国人水没胸膛，在雾气浓重的晨光当中，在大水中仓皇逃窜。

（杨德友　译）

班伯里号双桅船上的奇异事件

一

一九三〇年春天,由于健康和疗养等个人原因,我决定进行一次海上旅行。主要是因为,我当时在欧洲大陆上的状况一天比一天糟糕,且越来越不明朗。于是,我给住在伯明翰的朋友,塞西尔·伯内特船东写了一封信,请他把我随便安排到他的一条船上。很快,我收到一份简短的电报:"贝瑞尼斯号,布莱顿,四月十七日,九点整。"但是在布莱顿的港口里,停泊着那么多的帆船和汽船,行李箱也让我行动不便,这使得我比约定时间晚了近十五分钟,而海员和搬运工们则像往常一样,开始起劲儿地大叫:"那里,那里,快!您还能赶上它。""快,快!""您快跑,还能追上它!"我坐摩托艇赶上了贝瑞尼斯号,但不得不舍弃了行李箱。船上的人放下绳梯,我爬上甲板,匆忙中,甚至没看清左舷上用大字涂写的船名。

这是一艘巨大的双桅横帆船,有三根桅杆,容量至少有四千吨——从帆的布局和船首桅杆我得出结论,它是一艘装载鲱鱼和青鱼,开往瓦尔帕莱索的船。船长克拉克是一个干瘦的老海员,面颊被海风吹得通红,他简单地对我说了句:

"先生,欢迎您到班伯里号。"

大副同意把自己的舱室让给我,而只需付很少的钱。但是不久,大海开始汹涌,晕船反应以空前的威力向我袭来。我把能倒给大海的一切都倒了出去。我呻吟着,胃里已经空空荡荡,像一只空瓶子,可仍无法满足大自然的贪欲,它还在继续索取着、索取着……在身体和道德的双重折磨下,由于难以忍受的饥饿感,我吞掉了被子、枕头和卷帘——但这些东西在我胃里停留的时间都没有超过一秒钟。我还吞下了大副的床单和内衣,那内衣放在一只小箱子里,箱子上标着 B.B.S 字样——但这些东西在我胃里也都只是匆匆过客。我的呻吟声穿过舱房的墙壁,传到了船长的耳朵里,他怜悯我,让人滚来一桶青鱼和一桶鲱鱼。直到第三天傍晚,在消耗了四分之三桶青鱼和半桶鲱鱼后,我才逐渐恢复过来,清洗轮船的水泵也终于停止了工作。

我们绕过葡萄牙的西北岸。班伯里号借助有利的迎面风，以平均十一节的速度航行。船员们刷洗着甲板。我眺望着欧洲大陆陡峭的海岸逐渐远去。再见了，欧洲！我感到一阵空虚、寂寥和轻松，只是嗓子有些发堵。再见了，欧洲！我从兜里掏出手绢，向岸边挥了几下——一个站在谷口的人也用挥手向我作答。船航行得很快，船头和船尾海水翻腾，举目看时，只见白如棉絮的浪花层层涌起。

刚才一直在刷洗前甲板的水手们，这时开始刷洗后甲板——他们弓着腰靠近我，我不得不移开身。船长在船桥上停留了片刻，举起一根湿漉漉的手指测试风力。当天傍晚时分，发生了一件怪异的事，似乎带有些许警告意味。这件事与我刚刚经历的病症有着某种难以确定的关联——一个来自加勒多尼亚中部的叫什么迪克·哈泰斯的水手，不留神把挂在后桅杆上的一根细缆绳头儿吞进了嘴里。据我认为，是由于消化道蠕动的结果，他突然开始把整根缆绳往肚里吞——人们还没看清怎么回事，他已经沿着缆绳像个登山缆车似的冲到了桅杆顶，张着骇人的大嘴。消化道蠕动的本能看来非常强烈，以致两个海员徒劳地分别抓住他的一只腿，都无法把他拽下来。在一番七嘴八舌之后，名叫史密斯的大副突然想起使用呕吐剂的办法——然而又产生了一个问题——怎么把呕吐剂导入他的食道？要知道，他的食道里塞满了缆绳。终于，在经过比之前更长的一番七嘴八舌后，大家停止了用眼睛和鼻子想象，而是开始行动。遵照舰长的命令，一名水手爬上桅杆，将一盘老鼠尾巴举到患者的面前。那个倒霉的家伙立刻两眼放光，然而，当人们把一把小叉子叉到那些老鼠尾巴上时，那家伙突然想起儿时的意大利面——然后飞也似的滑到甲板上，差点儿没把腿摔断。这个事件应该让我警醒，因为，我再重复一遍，这件事跟我的病有某种相似之处——二者不一样，然而两种症状都源于恶心，区别在于，他的症状具有吸入、向心的特点，而我的症状则恰恰相反——具有离心的特点。这里出现了一个颠倒的自我，就像在镜子里一样——右耳朵到了左边，尽管还是同一张脸。除此之外，老鼠尾巴也值得深思，但此前我还没有给予它足够的重视——正如我也没注意到，帆船和水手们的脊背对我来说似乎并不陌生，而分析过我在船上停留的短暂时光之后，实际上我应该注意到这些。

  第二天午餐时，我问克拉克船长和史密斯大副，这条船的状况如何，以及我们接下来的旅程会怎样。

"船很好。"船长吸着烟斗,自信地说。

"好极了!"史密斯大副讥讽地说。

"也许算不上好极了!"船长以骄傲的目光,威严地审视着船头犁开的水面,"也许算不上好极了!我们就暂且推测一下,某个地方有条裂缝!"

"正是,"大副挑衅地看着我说,"也许算不上好极了。如果有谁害怕身上被溅湿,随时可以——离开船。请便!"他指了指海浪:"落汤鸡!到那深沉的、明亮的,这是那些……到那……"

"史密斯先生,"船长用手指抠着耳朵说,"您下个命令,让船员们大喊三声:克拉克船长万岁,万岁!万岁!"我们继续航行。天公作美,班伯里号挂着满帆,在整齐的波浪里,划出一条笔直的航迹。海平面上出现一头海牛。船员们现在把船舷上的铸铜件都刷洗得干干净净。二副监督着他们干活儿,而船长从船舱的舷窗向外张望,嘴里叼着一根牙签。

就这样过了几天,其间我把船从头到尾看了个遍。船很旧,被甲板下成群繁殖的老鼠咬得千疮百孔——有些地方船舷都被咬穿了,船尾也一样,很不幸,到处都是耗子屎。总的说来，这艘船让人联想起从前的西班牙三桅快速战舰。老鼠的数量超乎寻常，实在让我难以恭维——这些小型啮齿动物的习性让人生厌，它们粗壮的尾巴是那么长，又细又尖的尾巴稍儿拖得老远，以致让人感觉它们与身体其他部位之间的联系已经中断，其结果是让人始终有一种错觉，似乎它们在身后拖着一块与自己毫不相干的美味的肉，正可大快朵颐。而这也使得它们变得非常神经质，有时候甚至用牙去咬尾巴，尖叫着原地转圈，似乎被欲望和剧痛折磨得发了疯。绳缆的安排、帆桅的布局以及船舷的结构都让我无法苟同——而当我看到通风管道开口的形状、尺寸和颜色时，我就干脆带着满腹的不满回到舱室，在那儿独自待到了晚上。

　　船员们让我产生一些思考。且不提船员们带着斯多葛主义的精神刷洗船上的指定位置，而完全不顾那些之前已经清理干净的地方又被他们泼上了脏水。而每一次，当我把目光从海面移开，转到这艘双桅船上，出人意料的景象总会让我大吃一惊。比如说我看到四个水手盘腿坐在甲板上，凝视自己的双脚。另一次我看到几个水手注视自己的双手。而晚上，则连续几个小时传来朗朗的诵读声：

"鱼群和海鸟在船后追咬。"

船上保持绝对的"洁净",水和肥皂用个不停。当我从海员们身边走过,他们眼皮都不抬——相反,更加热情百倍地弯腰工作,以至于我只能看到他们深躬的后背。然而我有一种模糊的感觉,多少次当我沉入对天际的冥想,水手们就开始交谈,即当他们确认周围没有长官在的时候——在陆地上,我也常看到街上执勤的人,在确信没人看见的时候,也把扫帚和压水机①放到一边。船长和大副通常在一块儿玩骨牌,或是隔桌而坐,一起唱一八九七年的讽刺小曲儿——因为在平稳、有利的海风条件下,操船航行并非特别困难。与此同时,双桅船上也并非一切都随心顺意。海员的脊背低得过分,当我从旁边走过时,那些脊椎骨看起来吓得够呛,而那些在他们身下缓缓移动的粗糙大爪子,则很容易肿胀充血。在甲板上碰到正四处游荡的史密斯之后,我表达了深深的信任和信赖,班伯里号上的船员们,毫无例外,全都是一群高贵、勇敢的小伙子。

"我用这个管着他们,先生。"大副答道。他的手青筋暴

---

① 灭火用的老式压水机。

露，手里攥着把小钻头，同时把舌尖上正在聚集的脏话吞进了肚里，"我抓住他们的脑袋……最难的是，不要踢某一个的屁股——您看，他们都在那儿撅着等着。要……要……要是我踢了某一个的屁股，为了平衡，我就必须一个不落地踢所有人的屁股，而这是件很傻的事，傻……傻……这是……"他无奈地摊开双手。面对荒唐透顶的事件时，人的那种出奇的无力感，显然震撼了他的头脑。船在前进，但很单调，一个浪接着一个浪。在船桥上，我看到了一支烟斗苍白的火星——船长穿着橡胶披风，在那里走来走去。

"先生，"他说，"您知道，掌握生死意味着什么吗？嘿，史密斯，请您到这儿来，您看看——哈哈……"

"哈哈……"史密斯用充满血丝的眼睛看着我，同时大笑起来，"爸爸和妈妈……遭雷……这是那些……"

"爸爸和妈妈。"船长笑得肩膀都在抖动，嘴里则重复着这句话，"而这儿恰好没有爸爸和妈妈！这里有双桅船，先生——双桅船在海上！远离领事馆！"

"他奶奶的奶奶，"史密斯痛快地骂道，"这儿没有甜面包也没有小点心，也没有他娘……我是想说，那些……纪律和结尾。惩罚和终结——他……他……娘的。"

"好了，好了，够了，够了，史密斯先生。赞特曼先生毕竟是个乘客……但是也不妨让他看看，船长在海上意味着什么，这个伟大的词汇全由渴望组成。哈哈！赞特曼先生肯定把船长想象成，都戴着花边装饰的帽子，穿着雪白的、熨烫平整的裤子，就像明信片上的一样。史密斯先生，再想出点儿好的。"

他思考着，吸了几口烟斗。

"我命令，是不是？如果我命令跳，他们就得跳，"他说，"明天和后天。"

"这已经做过了。"史密斯小声地说。

"我命令——怎么样，史密斯先生？我命令切下什么——切下耳朵……"

"可以，"史密斯说，"但这是个他妈的温柔极了的手术……这是一个，嗯……然后，麻烦。"

"所以我命令——是不是？我可以命令一切！见一百次鬼——我是船长！那些小鬼感觉得到这一点——您叫一个水手来。"

"所有水手都感觉得到这一点。"史密斯顿了一下，不太情愿地说——他把口香糖吐在手里，仔细端详了一会儿，然后又重新塞进嘴里。

"您选一个感觉最弱的,"克拉克船长有些不耐烦了,"快!我想给赞特曼先生展示一下,您想个主意出来,史密斯先生。您相当拘束。您想想巴芬岛的土地和海豹。"

"我已经不知道,"史密斯一边说,一边用浑浊的瞳孔茫然地注视着这个金酒爱好者,"一切都用尽了,所有人都用尽了,蹂躏过了,这……这,这是……那些……"

"您是个傻瓜,"船长怒道,"快!快!我需要有个人感觉到我。有时候我感到怀疑,有时候怀疑会笼罩我。"

这时,我不合时宜地动了一下——我的脚后跟痒,这是我天生的毛病,总是在不该痒的时候痒。

"也许可以用一下赞特曼先生。"史密斯小声嘟囔道,目光投向我,怀着毫不掩饰的恶毒。

"您知道吗,这是个不错的主意。"船长叫道,"我们就用赞特曼先生。他还是新鲜的,还没有感受过我——最好亲身感受一下我……有理——这样最简单。"

"如果船长下令,"史密斯一边说着,一边已经热切地抓住我的手,抓得紧紧的,像一把钳子(有一次在陆地上,一个军士也这样抓过我,先是非常热切,然后是非常有力）——"那我们就做根渔竿，把赞特曼先生挂在钩子上，然后用这个鱼饵钓一条深海大鱼。鱼会把赞特曼先生吞掉，而我们刨开它的肚子，再把他活着拉出来，就像约拿①。这是个乐子。船长先生，您记得，我们在加勒比海湾搞的那些乐子——那才是——嘿嘿……"

"您这个傻瓜，"船长重复道，"都是些……废话。这样他能感受到什么呢？什么也感受不到。除了是个乘客……嗯……只是不算残忍，史密斯，不算残忍。您这个傻瓜。"他尖叫着："您闭嘴！您的乐子和段子我都厌烦透了，说实话，恶心透了！里边没有一分钱的价值。我需要他感受到，感受到克拉克船长，让他一丝不多，一丝不少地感受到，就像上帝创造他的时候一样。我唾弃雪白的、熨烫平整的裤子和带花边儿的帽子！我想脱光，我想赤裸——您明白吗！赤裸和全身长毛！而赞特曼先生在您那套白痴的约拿游戏后，能认识我吗？当我脱光衣裳，他还能认识我克拉克吗？"

"我们这儿不用拘束。"嘴里塞满泡泡糖的史密斯低声说

---

① 约拿是《圣经·旧约》里的先知，曾在鱼腹中生活了三天三夜。

道,"我们这儿没有女学生,也没有领事!"

"他不会认识我的,"船长沉思着说,"但是如果我不让他扣上吊袜带?如果我不让他扣上吊袜带,史密斯,他就得拖着掉半截的袜子到处走?那会怎么样?遭雷劈的!那时他就会认识我,那时他就会知道,我是谁,因为我有长满毛的小腿!见鬼去吧!那些陆地上的耗子和他们的白马裤、白蓝色明信片,他们忘了,船长的小腿上是长毛的。快!赞特曼先生,听到了吗?快点儿!动起来,先生!"

"快点儿,先生!"史密斯重复了一遍,又捏了捏我的手。

"我喜欢这样,"过了一会儿,船长用平静一些的口吻说道,"看来,跟您可以达到某种秩序,赞特曼先生,虽然您走路并不摇晃。我们这儿两年前有过一个陆地耗子——蠢得不可救药。得把他直接从船上请到水里去,因为当我命令他——蠢透了——竖起西服衣领时,他尖叫得像一只挨宰的猪,而我们,海员,您知道,我们不喜欢田鹑。"

"我想,现在已经够了。"我说,当克拉克走开,把我自己和大副留在那里的时候。"我想,现在大概已经可以扣上袜子了。"我用放松的口气补充说,希望以友善的方式解决问题，因此尽量使用奉承和理解的口吻，以小心的宽容态度来对待船长的这种粗俗的怪癖。"什么？"史密斯说着向后退了一个肩膀的距离。"什么？您在想什么？我可不建议您这么干，我甚至不建议您自己在舱房里时这么干。而那个……"他以威胁的口吻闷声道，以致我起了一身鸡皮疙瘩。"请您别太开玩笑！他妈……妈……的。"我备感尴尬，脸红到了耳根儿，只能嗫嚅道："啊，不，不是，不……我只是这么……那个，那个……在哪儿能？没有一个相似的！完全像有一次在电车里，一次去郊游野餐的时候……"

我们接着航行，天气出奇的好，蓝天澄澈，在银色和翠绿的波浪间，不时闪现出鳐鱼和锯鳐，成群的鲨鱼在船后尾随，小鱼在水面上跳跃，但船行驶得越来越慢，似乎在考虑，是否最好停下来，而船员们在不知疲倦的二副的指挥下，清洗了双桅船的迎风面后，又拿着抹布转向了背风面。二副是个二十几岁的年轻人，生涩、勤奋、不言不语、难以亲近。实际上他的存在只是形式上的，是为了船上好歹有个副手。因为大海很平静，所以船长和史密斯几乎所有时间都待在船舱里。从甲板上走过时，我能从舷窗看到他们，坐在桌子后面，用小棍儿瞄着某种东西——可能是面包。看起来，无聊让他们很难耐，有时候两人激烈争吵，然后想出一些自己也不知道为什么的主意。他们也用各种波士酒掺兑鸡尾酒，往威士忌里加上姜调味。有时候船员们发现某种信号，就会开始诵读："鱼群和海鸟在船后追咬。"最后我看到那些海员在做一些奇怪的躯体动作，具体地说，是将身体俯在抹布上，出人意料地双手撑地，伸直双腿，塌腰，就像有些土里的蚯蚓做的一样。

然而我没有请任何一个人做出解释。我简单地将其归为"某种消磨时光的独特方式"。说实话，我完全避免交谈，因为我认为，主帆—帆桁线多此一举地成 S 形转动，而有一个词是以 S 开头的，我自己想到了，却宁愿不认识这个词。何况不仅是它，除此之外在船上还有其他一些令人不快的形状和轮廓，船因为炎热已经完全开裂了。所以我没有开口和史密斯交谈，而恰恰是他来找我了。当时我正靠在船帮上，而他从船桥上直截了当地问我，知不知道什么好玩的扑克牌打法，或者是骨牌，或者是其他的什么，或者，我有没有什么谜题可以拿来解闷。

第一到第二，父亲和母亲

第三个在船上。

"之前我们玩过多米诺，玩过抓傻瓜，玩过泼水，玩过击杆①，轮流唱过轻歌剧里的讽刺小曲儿。然后我们看了养马日历。最近几天，"他坦率地说着，同时吞下随口而出的脏话，"我们用面包团掷一个讨厌的小虫子，是我们从柜子下面抓出来的。但这一切都玩腻了。然后（因为我们一直对坐在桌子两边）我们开始发狂，您知道吗？互相对视，看谁坚持的时间最长。当我们开始互相对视，我们就开始互相用大头针扎，看谁坚持的时间长。现在我们已经很难停下来了，而且越扎越重。船长一下，我一下，一下接一下。也许您能想出，或者知道个什么好主意，赞特曼先生？我全身都没地儿扎了。"

我有点儿忘乎所以，轻率地说："这是因为，你们制造了一个该死的轮子，却没有安装刹车阀。大头针需要个垫子——你们拿个大头针的垫子，放在桌子上，两个人中间。"史密斯张开嘴，满含敬意地看着我。"我……我……我的赞特曼先生！我们把您当成了嫩雏儿，而您是，据我看，是个老水手。您很有经验！"

---

① 一种儿童集体游戏。

"上帝保佑！我向您保证……这完全是偶然……您别，史密斯先生？我会对您生气的。我发誓，这是我第一次出海！"我极其窘迫，近乎呻吟地答道。

"您是个彻底的老水手！"大副重复道，同时向我鞠了一躬，"好！好！先生！请您别装成希腊人！您一定随心所欲地航行过所有那些该死的水域，去过红海和黄海，去过鄂霍次克海、马尾藻海，去过中国南海和阿拉伯海。您没航行过？好吧，先生，您身上有一股老海狼的味道，您立刻就能进到，像大家说的那样，进到问题的核心。垫子——的确如此！这是最好的办法！当我们放一个垫子，我们马上就能停止互扎了。"

"对不起，我想起来，我把点着的酒精灯放在舱房里了，煮熟的咖啡会溢出来，对不起，史密斯先生。"

大约下午四点的时候，我看到鹈鹕与深水鱼在戏耍。有两只从西南方向飞来，然后开始在轮船上空盘旋。鹈鹕是一种大鸟，羽毛雪白，有一副巨大的喉囊，一米长的嘴巴非常尖。它们当然不能梦想用这只嘴巴吞下鲨鱼或者鲸鱼，但是它们对那些海洋巨兽所拥有的绝对优势，还是具有诱惑力。这种优势在于，无论是鲨鱼还是鲸鱼，都不会飞翔。这诱惑着它们,让它们不得安宁。因此它们悄悄地飞来,突然啪的一声,把短剑一样的喙刺入深水鱼的脊背,那条鱼正浮上水面或者正快速地游动,努力跳出水面,以难以企及的风一般的力量,去追逐鹚鹕。水手们停下手里的活儿呆望,可这立刻为他们招来了史密斯—顿可怕的咒骂。

"无赖,"他在沉默的人群面前发出这样一声,"高贵的先生们!高贵的先生们!汤普森!你最差劲了,我一直盯着你,你这个混蛋,汤普森!今晚我要和你聊聊!我和你,汤普森,聊一聊,今天晚上,你看着吧。"

然后他就开始向我吐露心声,关于船员,他说那都是些老手,经验丰富,懒散而不修边幅,是从各个港口搜拢来的,对付这些人得用铁腕。他们只会想,怎么能够逃避劳动,找地儿躺着晒肚皮。比如那儿有一个什么汤普森,那个家伙最坏。

"最坏!"

"汤普森?那是个吸血鬼。请您注意他的嘴,总是噘成个猪嘴,像是要吸吮一样。他善于伪装,平时像其他人一样工作,但是我对自己说了,我最近得找个机会给他点儿颜色看看,就是今天晚上。那时候,他会吓瘫在地上的。"

"嘴,"我赞同地说,"这一定是因为,他是哺乳动物。每个人都是哺乳动物。我们属于哺乳动物家族。"

我谨慎地表达了自己对那些躯体动作、注视双脚和诵读诗句的疑惑:"鱼群和海鸟在船后追咬。"我小心翼翼地说出这句话,同时指出,尽管只是随口问问,但凡事太过,总是不好的。对此,史密斯回答说,他认为,我这个老海员一定是在拿他取笑。毕竟在东亚的海洋上,与中国人打交道时绝不仅仅会发生这样的事。而在亚丁港到伯南布哥德航线上,那里用的是总是处于溶化状态的硬脂精。躯体运动是为了锻炼脊椎的柔韧性,而注视双脚是对不够洁净的惩罚。谁要是双脚不干净,就必须盯着看一个小时。关于那句韵文:"鱼群和海鸟在船后追咬。"这句话听起来就像一句书法摹本,而实际上是为了把这句话用珍珠般的镶嵌刻在海员们的大脑里。

"像这样一艘双桅船,没有任何人的帮助自己航行,除非有暴风雨。水手也不能一刻不停地刷洗那……那个……甲板,他们会彻底地把它刷没了的。而惩罚必须得保持,那些流氓必须用铁腕控制,所以船长选择了这个而不是其他什么。"

"啊，还是这个比其他的什么好。"

"哦，船长也是个经验丰富的老海员，就是人们所说的海狼。您应该和他多熟悉熟悉，赞特曼先生，你们俩一定会有很多可聊的。"

"老家伙跟我说了不止一次，"史密斯亲热地拖着长腔说道，"史密斯先生，在船上，船长的责任是什么？他必须想出主意，否则的话一切都会闷得发疯。您，史密斯先生，您必须用嘴想主意，而我，必须用脑袋想主意，这就是我们之间的全部差别。现在我该想什么，史密斯先生？要知道，遭瘟的，我们可不能玩球，史密斯先生。要知道，遭瘟的，我们可不是穿着短裤的孩子，史密斯先生。"

"哼，哼，那么玩球太儿戏了，哼，哼……而那些腿……，不。"我清了清嗓子说道。

"当然，"他带着自夸的声调答道，"那些脚，不，我们谁没有脚印呢？同时那些脚支撑着对水手的惩罚。他们必须毫无怨言地执行一切。大头针也一样，就像上帝！……这完全是疯狂的——发疯的——愚蠢的。您喜欢吗，赞特曼先生？嘿，嘿！以您的经验，您不能不承认这样做的合理性。一直就是这样，到处都是这样。没有这个我们都得闷死了。"

他舔了舔手指,然后放在风中。

"尤其是风已经停了,看起来,海上的宁静危机四伏。沉底……冒泡……晃眼……水下……一直是这样。您知道那句谚语:水和乏味是船员的力量。"

傍晚时分,我看到一些肥大的比目鱼,并且在水面下三到四英寸的地方,可以依稀看到一条锤头鲨的头。克拉克船长出现在船桥上,并且朝我点头。显然史密斯一定跟他散布了关于那个垫子和我是所谓老海员的谣言,因为此时船长对我的态度已经完全不同了。他甚至给我一种感觉,似乎是想调查我。他似乎在想,我一定知道一些他不知道的东西,或者我会比较好地安排,使自己不太难受。当我爬上船桥,克拉克开口说道:

"枯燥,先生,海上的枯燥。"

"嗯。"我答道。

"讨厌的事,枯燥。是不是?很讨厌,枯燥,不知道该怎么办。"

"可以忍受。"我说,"实际上并不是那么无聊。有水,有鱼……"

"得了,先生,史密斯对我说,"船长和蔼地对我说,同时用胳膊肘碰了我一下,"您肯定有自己的办法对付枯燥,所以您不觉得闷得慌。我要是知道。那个垫子,哈哈。只是您不想说出来,您是个吝啬鬼。呵呵……您把一切都自己藏着。"

"不是这么回事。我会对您生气的,船长先生。史密斯是信口胡说的。"

"算了,算了,不要怨恨!我只是想说明,和您可以聊聊,赞特曼先生,而不像和一只普通的陆地耗子一样。您完全不必在我们面前隐藏,我不明白,您需要什么……嗐,不过,这是自愿的。"

我处于非常尴尬和困难的境地,小心地拧着西服上的扣子,因为克拉克的太阳穴上青筋暴起,鲜明地勾勒出他已经变秃的鬓角。他突然失了兴致,开始抓挠耳朵后面。"枯燥,"他又开始唠叨,用脚踢着什么,"枯燥,我和协会签了合同,所以必须发伯明翰到瓦尔帕莱索的班轮,来来回回。这算什么,他妈的?在陆地上那么枯燥,电车、酒吧,陆地上的枯燥把我推到海上。而海上怎么样呢?您已经动身了,您已经扬帆出海了,海岸已经消失,您已经颠簸摇晃了,船尾后面泡沫画出航迹了,而这儿突然变得枯燥,是不是?海上的枯燥。"

"大自然总是充满险阻,"我小声嘟囔着,"大自然就是这样。"

"怎么说?"克拉克说道。

"大自然不喜欢,"我嗫嚅道,"不喜欢。"

"对付枯燥的最好的朋友就是烟斗,"他饱含深情地说,"威士忌也很好,啃指甲,用鼻烟……如果谁牙上有洞,可以用舌头探洞。如果哪里痒,可以挠,您知道吗,在奉天①的时候,我走进一家俱乐部,四位船长正在吃午餐,所有人都挠出了血,就好像所有人都得了皮疹。您有什么高招,赞特曼先生?"

"我?我有时候……"

"我恰恰认为,您看起来鲜亮红润,"船长语气里带着好奇,"我发誓,就仿佛您一直都享受妈妈的呵护。您是怎么做到的?"

"可是我,船长先生,的确……我向您保证。"

"哈哈哈哈哈!"他大笑起来,一直不停,"呵呵呵,您

---

① 指中国沈阳。

真是个好开玩笑的，赞特曼先生。但是我不强求，既然您不想说，权且就这样吧，就算您是第一次，哈哈哈……我们需要来点儿风，是不是？"他补充道，又用胳膊肘碰了碰我。"那时，他娘的，我们就会像样儿地航行了，是不是？伙计，你在这儿磨蹭，而且风还停了。我在这儿转圈儿，无聊，见鬼的，我受不……"

"这不太健康，"我说，"非常不健康。坏的思想，坏的思想钻进来了。"

"遭瘟的，"船长嘟囔着说，"您看看这些桅杆。它们站得多傻，真傻。我也这么傻站着。我站着，酒杯也站着。您告诉我，能把这个杯子怎么样？摔了就完了吗？昨天晚上我已经这么干过了。在这条……条……双桅船上，从早到晚什么也不发生。当我看着这个扶手，用手打击它，然后一看，它还在那儿傻傻地发光，我再看，就有想从皮囊里跳出来的冲动。"他开始痛苦地抱怨，用压低的声音说，一切都那么傻。"一切都得彻底清理干净，每一件东西都得归位，水手什么别的事也不做，只是整天刷洗和清理。在船上，如您所知，总是保持过度的，简直就是过分的清洁。为他妈什么？或者是那些飞鱼……请您一定告诉我，它们为什么那么傻傻地从水里跳出来，噢，您看。"他给我指了一条恰好划出一条优美弧线从甲板上飞过的飞鱼。"它们也很傻，傻得让我无话可说。您告诉我，它们为什么这么干？它们根本没有翅膀呀。"

我考虑了一下回答说，这种现象应当归于这些有鳃类动物的特性，它们会吸气，吸到某种程度，直到某一刻海水无法忍受下去，怕它们会爆裂开，就吓得把它们抛出来了。地上的蟾蜍也是一样，它们经常吸香烟吸到吓人的程度，在这方面比水还要糟糕的土地不放掉它们，所以它们就爆掉了。

"我发誓！"船长带着令人难以理解的亢奋大叫道，"哈哈哈哈！有理！这个！您真是！当然，这些臭东西！噢！吸气，海水吓坏，那个吓坏的，他……的，而海水害怕，就抛出来了。哈哈！害怕，见他娘的鬼，害怕，害怕！真他娘的聪明脑瓜子！"他激动地喊叫着。看来我的话在他内心激起了某种恐怖的脉搏。"太好了，妙极了！我就没想到。您真是个行家。您还是个博物学家。"他补充说，同时轻轻吸了口气，饱含赞叹地看着我，"而您说，您没有旅行过？"

"我对自然有所了解，"我说道，"但只是理论上的。"我开始咳嗽，就跟他说，有点儿凉了，于是回到自己的舱房，之后一整天都没有跨出房门。

接下来的一天，又发生了一件有意思的事，然而我并未目睹（因为我当时待在舱室里）。众所周知，"贪婪鲨"①是非常贪婪的，它们也因此而得名。船上一个帮厨的家伙偶然将一个巨大的平底铜锅放到了水里，而那个锅"咔嚓"一声，瞬间就消失在了那个贪婪的无底洞里。这件事给他带来了无比的欢乐，无比的兴致，以至他无法停下来了。他又扔了几把叉子，在空中就被截住了，接下来他开始扔手边的一切：盘子、厨刀、餐刀、玻璃杯、自己的怀表、指南针、气压计、三个月的工资，还有一套航海大百科全书。史密斯抓住他的时候，他正在已经空空荡荡的舱房里拆一个搁物架。可以想象发生了什么。那个小伙子当天晚上就得上了疟疾，看起来，一直到旅程结束，他不会再怎么露面了。无论怎样，我们被剥夺了那些用来满足第一需要的物品，鸡蛋饼也只能直接从平锅里吃了。听说这件事后，我皱了皱眉，开始对自己自言自语。虽是自言自语，声音却很高，似乎希望某个人听到似的："哦，是这样，这很聪明。想得不错。这

---

① 指翅鲨。

是医学里很著名的一种病，主要源于某种顽固性，用科学的方式表达，就是个独特的笨瓜，产生于某种不可控的状态，这是某种快感，来自感觉的不完美和过度贪婪蒙蔽本能时所产生的错误，可以说，是对自动症的迷恋，一句话，近似于自动症，源于使用大量的万有引力，责备和对捉迷藏游戏的饥渴。但与此同时，那些东西在肚子里得有多难受呀？"然而过了一会儿，我脸上的肌肉开始放松，露出一丝可怕而不可救药的傻相，我低声说道："上帝呀！好吧，但为什么会这么傻？为什么这么傻，这么无所事事，持续不断，一刻不停，片刻不息，为什么这么又傻又聪明，又聪明又傻？这儿有人在变聪明，有人在犯傻，上帝呀，给我们哪怕五分钟的间隙吧。"我甚至还容忍自己加上了这么一句话："我像在黑色的森林里，那里样子古怪的大树，鸟的羽毛和喧闹充满诱惑，又因为奇怪的装扮而令人发笑。但从森林深处，传来了狮子的咆哮，水牛的慢跑和美洲虎悄悄的脚步声。"

二

班伯里号的航速越来越慢。阳光越发炽热，融化的柏油从船舷滴到蓝宝石般的大海里，而用来刷洗甲板的水，直接就蒸发了，飞上同样是蓝宝石色的天空。

克拉克船长出现在船桥上，舔了舔手指说：

"我似乎预感到，微风也会停下来。而很有可能，我们还会碰上逆风。史密斯先生，请下令挂上边上的三角帆。这条航线上总是这样——无论是去瓦尔帕莱索还是从瓦尔帕莱索回来，总是这样，逆风。这叫海上扬帆吗？这是扬帆海上！这应该是海上扬帆！"他暴躁地咆哮。

一小群海豚一直在船尾追逐。它们并不是要吃肉，它们唯一的梦想就是蹭一蹭船舵，因为它们受尽了海虱的困扰。并不总能碰上这样的良机——在浩瀚无边的大海里碰上个硬东西，在上边可以蹭一蹭。这些海豚经常连续几周在大洋里遨游，只为寻找这么个东西。然而它们不知道，船虽然走得非常慢，但始终向前航行，所以那些海豚总是离船舵边缘差那么几英寸。那些不幸的鱼[①]不明就里，仍不断重复着这个无效的动作。

我在一张纸片上记下了这样一段话："我认为这有点儿

[①] 原文如此，实际上海豚并不是鱼。

太过分了。总是蹭不到船舵边缘的海豚,咬自己尾巴的耗子,盯着自己脚看和努力伸直躬背的海员,用嘴戳鲸鱼背的鹈鹕,与大副用大头针互戳的船长,跳不出水面的鲸鱼,还有吸气吸到海水承受不住压力、吓得将其抛到空中的飞鱼,这些绝对是太单调了。我推测,偶尔还会展现点儿别的东西。早知如此,我绝不会开始这次旅行。多点儿机智没有坏处。不断重复地画圆圈,周而复始,就像在字母 i 上面加点儿,完全是画蛇添足,还有谁能想到。

"况且风景就是风景,但是从船长和史密斯的身上,已经可以明显看到缺乏头脑的迹象,那些脚和那些奇形怪状的背带,而谈话则更糟。那些吐露心声——对不起——是什么意思?'我们海员',这是什么意思,为什么说'我们海员'?这儿有谁想颠簸摇摆,什么叫'航行'和'贪婪',什么叫'枯燥',还有什么叫'遭到'?我对这一切都不感兴趣。这显然是冲我来的,这些家伙全冲我来。这是一群酒鬼和有不良癖好的人,我敢打赌,他们都是用可卡因或者吗啡的瘾君子,在伯南布哥之类的什么地方彻底堕落了。我不会再和他们多聊了。我不是海员,也不想与船长的航海'幻想'和他的海员勇气有什么瓜葛。我会努力小心地(因为袜子还松垮地吊着）舒缓我们的关系。同样，史密斯和他的想法与钻头，我也会妥善处理。尽管我说了垫子和关于飞鱼的事（当然有时候必须得顺口搭音，既然他们纠缠不清），立刻就把我看成是'老海员'，把我的一切都神秘化，不管我愿意不愿意，这真是岂有此理。

"我承认，我想象的船上生活截然不同。这是个泥潭。没有一点儿通风。我期待着海上有咸味的气息，空间的气息……比陆地上那令人窒息的空气健康得多，而这里，我看到的是拥挤——拥挤，令人生厌，此外还有某种盲从。首先是没有一丝一毫的智慧。前天，为了不想和克拉克继续冗长的谈话，我回到舱室，但是一个大虫子，可能是只蝎子，从地板的缝隙里爬出来，一边用细腿慢慢移动，一边盯着我看，然后不知为何忽然团成一团，把全部毒液都注入了自己的下腹——自杀了。我听说过，叶蜂有这种习性。但为什么跑来找我呢？它就不能自己在缝隙里为自己送葬？我假装没看见。在陆地上有时候也能看见狗或者马什么的，可那要大得多，而且谁也不会特意跑到别人面前来死给人看。

"但愿我们尽快抵达瓦尔帕莱索。只是我们能不能抵达瓦尔帕莱索？不知道，也许这根本就是正常现象，是航班时刻表里已经预料到的,我不熟悉星座,也不会使用六分仪和罗盘,然而如果星座不祥(看来恰恰如此),甚至是糟糕透顶,我们进入了非常不利的白羊座或者摩羯座,那么我认为,船长和史密斯太过于忙着互斗和放纵自己了。我总是害怕那种军官的和海员的幻想,对什么都不放在心上,放荡不羁,只会铁腕压制,动不动就动手解决——单身汉的幻想和骑士的行为。有时候要让他们安静下来,要等待。要知道,什么时候和该怎样。这里很拥挤,彻底像在一个罐子里,可能会造成什么丑闻,海员的脸不让我喜欢,尽管我只能看到他们的背。"

写完这些,我即刻将纸放在蜡烛上烧掉了。然后我又拿了一片纸补充道:"是的,海员的脸我不喜欢,尽管我只能看到他们的背。这些后背,明摆着的,是顺从的和恐惧的,就像普通的脊背一样,但是晚上,从舱房的地板下面会传来持续不断的恼人的嗡嗡声,就像一大群昆虫的嗡嗡声。那声音来自船员们。史密斯在白天管着他们,但晚上没有。他们在打呼噜吗?他们在说话吗?如果是在说话,他们能说什么呢?是不是也会传闲话,就像通常在漫长的海上航行期间发生的那样呢?因为也许出于无聊,他们会传播一些冗长而匪夷所思的故事，里面没有一句真话。史密斯不是就曾对我提起，他们是环球旅行者，是些海港里的老手，一辈子肯定也听了不少。我就认识这样一个人，他总是兴致勃勃地讲，在东京从一个理发师那里听说，一个穿着非常得体、肯定是上层人士的人，警告美甲师，让她'不要把指甲剪太短，否则就没法挖鼻孔了'。这是他们对待知识的态度的试金石。他们只会对这种事感兴趣——没有别的。关于这种事，他们可以聊上几个小时，而且始终带着同样的恶心、恶毒的狂笑。"

这张纸也被我烧掉了——但这不意味着，我不把针对克拉克和史密斯的想法付诸行动。我和他们保持距离，当我在船的一侧看到他们，就躲到另一侧。比较糟的情况是，我不否认，当一个人在一侧，另一个在另一侧时。这时，海上起了风，但既不是侧风，也不是从后面吹来，而是差不多正对着船头。班伯里号没有后退，但却让人难言地气恼——不大的海浪扑打它的鼻子。

除此之外，我发现，汤普森的确长着张翘嘴，看到他，我无法抑制自己的好奇（我正在摒弃这种草率），因而问道："汤普森，您为什么这样？实际上不需要这样，汤普森。"这是个身材高大，膀阔腰圆的家伙，面色黝黑，胸毛浓密，戴着耳环，额头上垂下一小缕头发。那缕头发对于他的形象来说，实在小得不太相称。他四周看了看，周围是否空无一人，然后走近我面前，噘着嘴说道："我喜欢，先生。"

"呵呵，汤普森，"我快速地说，"给您五个先令买烟吧，汤普森。"汤普森攥住我塞在他手里的钱，开口说：

"这不够干什么的。"

"你们在甲板上一定很枯燥，汤普森。"我和蔼地说。

"哦，枯燥，枯燥，"汤普森呻吟道，"简直难以忍受，先生。我必须得九点去睡觉，像听话的孩子，先生，而白天要唱歌。船长和大副都太严厉了，先生。我不能享受生活……我没法得到满足，我快死了，先生。原来我血气方刚，红得像团火，那时候感觉好极了，而现在的我苍白无力，魔鬼要把我带走了，先生，我在糟蹋自己，先生。"

我用碗给他端了点儿牛奶出来，他欣然接受了。

"这对您有好处，汤普森。牛奶是白的，但会让您红润。每天我在房间门口给您放一碗。会有牛奶和很多水果。只是上帝慈悲，别弄出麻烦，汤普森。您尽力坚持到瓦尔帕莱索。船速在减慢，但船长说，很快就会刮起顺风。只是请您别做任何傻事，汤普森，再给您五个先令。"

我们仍然在北纬七十六度附近，在加纳利群岛西南至少四百五十英里——然而看不到金丝雀。这些金色羽毛的小鸟害怕见到太遥远的距离，它们宁愿在树影斑驳的丛林里，从一个树枝跳上另一个树枝，在那里它们的叫声比在海上明亮得多。它们不是海鸟，而是陆地上的鸟。风轻轻地吹，然而依然是正对着船头，微波细浪一次次抚慰着它，在紫罗兰色的天幕上，鹅毛般雪白柔顺的浮云缓缓漂浮。

汤普森显然跟别人讲了我给了他几个先令的事，因为下午就有一个高大肥胖、气喘吁吁的水手在船的中部缠上了我。他有着一张肥胖而低垂的脸，肿胀而苍白，目光疲惫。他抱怨船上的枯燥生活，还说他有一双脏脚，这让他很苦恼，所以求我给他几个先令。当我严厉斥责了他以后，他小声回应道：

"好吧，好吧。生活就是这样，我知道。我四十七岁了，还从来没有过干净的脚——从来没有，没有办法。别人可以有干净的脚，而我不行，从来不行。这就是我的狗屁命运。总是有这个那个的麻烦不断，总是不行，而一旦行了，我又不想了。实际上是我想要，但没有心情。"他懒洋洋地补充说，"我找到了其他方法，这里。"他用手指敲了敲额头，带着推测的表情看着我。我飞快地给了他五个先令去买啤酒喝，同时告诫他，至少回去擦擦脚，这办法更实用，不太占时间。我请他对任何人都不要说我给他钱的事。但显然他没有忍住。一个我不知道姓氏的海员从身边走过时，先看看四周有没有人偷听，然后低声对我说：

"旱金莲。"

我也给了这个人几个先令。哼……我真的开始不安起来，因为我认为，这些船员变得太无耻了。从我与汤普森的谈话算起，过了没两天，我每天记录支出的笔记本里，已经记满了红字书写的新支出项。看起来就像船员们在我的枕头底下找到了我的什么诗似的，但我没有过任何诗，因为我是从摩托艇爬上班伯里号的，没带任何行李。

汤普森：因为喜欢和噘嘴	十先令
胖水手：因为脚	五先令
N.N.：因为旱金莲	两先令
史蒂文斯：因为一些番茄和一些花骨朵	五先令
巴斯特：因为懦弱	五先令

迪克：因为在高高的芦苇秆中间用手铲培出的一小畦土地　　　　　　　　　　　一先令六便士

欧布瑞恩：因为在满是圆石头的草地上吃草的大奶牛（我本想少给点儿，但他还知道《小钥匙》）三先令

欧布瑞恩：又给一次，因为大木勺，同时建议他收敛点儿，至少到瓦尔帕莱索。（注意：他不愿意，说昨天又流血了。为此又额外给了六便士。）

总计要花的：　　　　　　　三十一先令六便士

在上面这张账单下面，我添了这么一段评语："我给他们钱是因为那些钱是我的。假如不是我的，我就不会给他们。我跟那个笨蛋（汤普森）套近乎实在是多此一举，现在所有人都一个接一个地来骚扰我。没有比跟一群无赖扯上瓜葛更糟糕的事了，他们只会喋喋不休地说一些废话，加上一些愚蠢的自夸，只要弄到钱就行。他们这会儿肯定在讥笑，说他们怎么成功地宰了一个乘客，而且会粗俗地重复同样的话，然后笑到捂住肚子浑身发颤。有意思的是，他们是怎么知道的。必须得承认，船上出现了一种恼人的保密缺失症，在这方面，我不仅可以对普通水手们有微词，而且对轮船上

的管道也是如此,因为它们造出很多奇怪的弯弯绕,也包含涉及我的。他们盲目模仿,肆意编造,把任何事物都可以马上变得污秽不堪或者愚不可及,让人不得不为之脸红。"

"形势要求一个大的战术。船长过于沉浸在航海幻想中,而史密斯会温暖地握住别人的手——握得让人欢喜。他们能随时把人扔出船舷。在出发时我忘记了船长的绝对权威,而这是很重要的一点,是不应该忘记的。我也忘了,在海上的都是男人(那些大型蒸汽客船除外)。对这一切来说,男人和袜子都很相宜。而说到船员,那都是一些老滑头,比我想象的还老,对付他们得随机应变,因为对他们来说没有什么是神圣的,他们就像那些德国大学生①,或者兵营里的老兵油子。这从他们身上就可以看出来。幸好史密斯能以铁腕管着他们。今天站在船头,我看到一只陌生的动物,大小和形状像一只食蚁兽,它伸出细长如皮带的舌头,努力去舔一块木头,而那块漂在水上的木头离它至少还有几米远——于是我走到船尾,而那里则是牡蛎成群——那些被活吞的海螺,先是被从外壳里剥出来,然后葬身于黑洞洞的

---

① 指十九世纪的一些德国大学生,喜欢饮酒作乐、放荡不羁的生活。

胃肠里。没有谁能比它们被更巧妙地生吞，也没有什么比柠檬更让它们害怕（怕柠檬！）这时我转过身，注视甲板，又看到一个水手把刷子放下，抬起一只脚用手挠着后脚跟，就像一只正在树丛下小便的小狗。这件事的结果是，我又把自己关在舱室里待了几个小时，借口是海上湿气太重。看来需要一个大的战术，不能对任何东西惊奇，不能表现出任何惊奇，在这里惊奇是很不合时宜的，因为一切都是如此，一切都是如此，而我没有任何可以惊奇的基础，如果他们把我扔出船舷之外，我会毫无惊奇地飞出去——在这样的条件下，惊奇无疑是一种巨大的不合时宜，一种恼人的失策。无论如何，得特别谨慎小心，避免一切冲突，非常小心地行动，因为枯燥给人重压，阳光炙烤。但愿我们能驶到瓦尔帕莱索——遗憾的是，风向从中作梗。"

"——秩序、惩罚和清洁在这条船上只是一层薄薄的膜，随时可能爆裂，而且看来正在向这个方向发展。"

在写完之后，我把这张纸也烧了。我很快发现，自己的担忧是有道理的——我给海员们钱的事是个错误，因为这对他们的影响是让他们学坏和更加大胆。他们拿了钱，依然故我，而且口袋里有了钱！（曾经，在很久以前，我以同样的方式发过焦糖,结果也不比这好。)——有一天,我在船尾散步,在木制的甲板上,我看到一只眼睛。四周空无一人,只在船舵附近有一个水手在嚼口香糖,整个甲板洒满亚热带的阳光,桅杆上的缆绳在甲板上投下灰蓝色的网格状阴影。我问那个舵手:

"这是谁的眼睛?"他耸了耸肩。

"不知道,先生。"

"是谁的眼睛掉在这里,还是被挖出来的。"

"我没看到,先生。它从一早就在这儿了。我不能离开舵机,否则我会捡起来收到盒子里的。"

"那边在船舷下面,"我说道,"有第二只眼睛。但是另一只,另一个人的。让巴尔内斯离开舵机的时候把它们收起来。"

"是,先生。"

我继续自己中断的散步,同时在考虑,是否通知船长和史密斯,这时史密斯恰好出现在前舱口的台阶上。

"那里的甲板上有一只眼睛。"

他很感兴趣。"他……他……他妈的在哪里?是一对儿吗?"

"您觉得,大副先生,是某个人的眼睛掉在那儿了,还是被挖出来的?"

此时,我们听到从上层船桥传来船长的声音:

"发生了什么事吗,史密斯先生?为什么您在咒骂?"

"那些……些……些该诅咒的,"史密斯恶狠狠地答道,"开……开……开……开始玩眼睛了。"

"您是想说,"我问道,"是那些水手无聊到想出这样一个游戏,一个人突然把另一个人的眼睛抠出来吗?就仿佛学校里的男孩子互相下绊子一样吗?"

上面传来船长的声音:

"您别忘了,史密斯先生,不管惩罚如何,一定让那个肇事的家伙把抠出来的眼睛吃了。海上的规矩是这么定的。"

"见鬼。"大副骂道,"如果他们开始干了一次,就不会再消停了。在风平浪静的南太平洋,我们有四分之三的船员,就以这种方式失去了眼睛。他们害怕这个就像害怕所有魔鬼一样,但只要有了第一次,就无法停下来了。我会给他们好看的,而、而、而那些高贵的先生,会记住我的,高贵的先、先、先生会记住我的。"

"这就像互相胳肢,"我说道,"学校里的男孩子对互相胳肢恐怖极了，因此他们也无法抑制想胳肢自己同伴的欲望，这样那个被胳肢的又开始胳肢第一个同学，于是全体大胳肢就此开始。"

"我这就去胳肢他们。"史密斯恶狠狠闷声说道，同时用手在兜里快速地摸索着。我只是略带阴郁，几乎是痛苦地说道："对不起，那只是一个安装不牢的器官，安放在人体一个小坑儿里的圆球而已，没什么特别的。"

我回到自己的房间，躺到床上，用手指在舱房的墙壁上写道："一件漂亮事。现在史密斯去胳肢他们，然后他们又去胳肢史密斯。这比我想的糟糕多了。这似乎是前后一致的和愚蠢透顶的，但越来越具有临时性和紧迫性——这已经是人身骚扰了——很危险。我就像狼群里的一只小羊，像落在狮子洞里的一只驴。得和克拉克严肃地谈一次。"

谈话的时机当晚就出现了，是在船桥上。克拉克依栏而立，正与大副商议什么，两个人的面容同样严峻而愤怒。他们显然是在商议当前的形势，因为我听到克拉克说："是的，但如果这样继续下去，我们可能会眼睛短缺。肯定是有什么刺激了他们，有什么事让这帮家伙胆大起来，他们自己是永远不会开始的。现在不会再消停了。"

"谁刺激了他们?!"他愤怒地大叫。

大海澄澈湛蓝,落日尚未隐身到地平线以下,而黑暗已经飞速地笼罩了海水。天上出现一队白鹳,正在进行每年一次从苏格兰北部飞往巴西东海岸的旅行。这些故乡的鸟此时正困难重重,因为它们起飞时,它们的雏鸟还不太善于飞翔——它们于是把强大的母性本能全部倾注到那些不幸的雏鸟上——发出尖利的叫声。

"眼睛几乎是人体上最敏感的器官,"过了一会儿,我提醒道。"很容易挖出来。"我又补充说,在眼睛这一点上我特别地敏感。"我个人甚至无法忍受,当有个人用吸管瞄准我的眼睛。看来船员们有点儿不安。看来他们那儿有些拥挤或者不舒服,他们大概缺些什么——不能让他们平静一些吗?"

"又是他!"克拉克用出人意料的嗓音粗鲁地喊道,仿佛此刻他有更重要的事要办。"见鬼去吧。您吓坏了吗?有时候您给人的印象是一个勇敢的水手,有时候您看起来就像个哭哭啼啼的娘们。"

他非常愤怒。

"船员们疯了,而您给我们添乱。您是什么,女人吗?"

"我不是,"我愤恨地说道,"但是如果有女人掺到这里面,那还会更糟。我只想指出,我知道,船上正在酝酿阴谋。"

"阴谋?"船长吃惊地叫出来。

"正在谋划一个大阴谋。"我不情愿地说,"无疑正在出现一个大阴谋,尽管表面上看不到,但一切都在私底下秘密策划和串联。我事先就知道,会怎么收场。结局会很不好。"

"什么?什么?"克拉克惊奇地喊道,"阴谋?在班伯里号上?您了解情况?您知道什么,赞特曼先生?阴谋?"

我看了看他的眼睛。

"您也很清楚,像我一样清楚。"我答道,"整洁和简朴让人难耐。我的整洁和简朴。"

"什么意思?"他问道。

"我知道,"我答道,"这是因为我的整洁和简朴。假如我不这么简朴,就不会有这么多不简朴。我已经了解你们,"我补充道,"你们所有人脑子里想的都一样。不知道心里盘算着什么,而我在这里碍事,碍眼,是不是?我的简朴碍事。因此周围的一切都在讨好或者威胁、偷窥和模仿,所以才不断有人纠缠,一直不断的同一个想法,哈,同一个想法！"

"什么？"船长大张着嘴说道，"不老实，您说？不朴实？可是您……来吧，咱们去喝一杯，我有上等的白兰地。"他激动地喊着。我对船长的举动深感失望，因为他脸红了，老水手的小眼睛像一对蜡烛头在闪耀，我意识到，我一时兴起说得太多了，有些不好意思，于是飞快地走开了。

三

狂风大起，乱云飞渡，桅杆和钢缆痛苦地呻吟着，海鸥与顶风的气流奋力拼搏，而甲板上飘荡着思念、忧伤的呼唤和歌声……我早就说过，我知道结局会如何——所以看到终场开始，我并不感到惊奇。我甚至说过，看起来，如果有女人加入这一切，还会更糟。所以我请求：海员们，在擦洗桅杆横梁的同时，唱呀：

"嗨咿，嗨咿，想着爱我吧！"

而一个野性、激昂的应答声从船尾传来，是那些拿着水桶和刷子干活儿的水手：

"吻吧，吻吧！"

不应该说女人。不应该碰这个话题。隔墙有耳。

巨浪翻滚,雪花飞溅,船头时而沉入其中,时而昂首翘起,尽管海风迎面吹来,但帆船并不后退一步。水手们的歌声没有停歇。史密斯实际上警告了海员们,如果他们不停止,他就会想办法,让他们被迫吞下这些话,而且他们会吞下去的,但是那些老滑头、老油条,有的是办法。不直接唱爱情歌,他们就把全部精神都放在了普通的水手号子上,且结果则完全一样。简直让人脸红。在抛绳索时他们对风喊:"缠在一起,缠在一起!"弯腰拿刷子和水桶时则喊:"洗吧,刷吧,打扫吧,泼吧!"喊得充满活力,满含思念。这个史密斯就不能禁止了,因为航海法则允许船员喊海员号子。一条硕大无朋的雄性鲸鱼在船的四周逡巡,喷出的水柱比主桅还高,鲨鱼吓得缩成一团,而海狗则把自己的一家老小全都带上潮头,全家呆望着这条海船。

我们自己搞出了什么样的一个景象啊——多少屈辱和可笑,幸好没有一个熟人在场。实际上一切都应归罪于史密斯的鲁莽:这一切都源于:昨天清晨史密斯出于无聊,让人在船锚上挂了一块咸肉,用这块诱饵钓到一头巨大的雌鲸。水手们跑来把那条大鱼拖上来,并且目睹了它死前在甲板上的舞蹈。史密斯也跑来了——同时爆发出最肮脏的咒骂：马上给我把这堆四不像的死肉、烂肉、肥油扔出去，我一会儿都不想看这胀满的鲸鱼躯干！但这已经太晚了。海员们不如说是带着爱意注视着，而汤普森拖着长音说道：

"嘀咿，嘀咿……"

鲸鱼，如我们所知，是一种哺乳动物，因此雌性哺乳动物如此让他们激动——假如这是其他一种什么鱼，冷血的鱼，则完全不会起到这样的作用。特别是汤普森，同样作为一个雄性哺乳动物，做出了强烈的反应。史密斯又爆发出一阵冷嘲热讽和恶语诅咒。"哦！臭死了！恶心死了！我无法忍受这股馊味儿。肯定是条老鲸鱼，我是了解的，肯定至少有十七岁了！他太不小心了！十七岁！对于雌性鲸鱼来说这的确够老的了，但是十七岁！他毫无必要地提到了十七岁。水手们沉默地将这头巨兽推入水中，而半小时之后，感伤、炽烈的哀悼已经开始，不安奇怪地刺激着神经。"

临近中午时分，船长出现在船桥上，他环视了一遍泡沫翻滚的海面，点点头，开口说道：

"船顽强地顶风行驶。非常好。史密斯先生！请您给每个船员分一勺鱼肝油。"

海员们尽其可能，想避开鱼肝油，他们不想破坏自己的梦——而史密斯给每个人喂了一满勺。吃了鱼肝油后，一切都静了下来。但这都是些老滑头，是闯荡过世界的人，看他们一眼就知道，他们吃饱了加盐的粗粮面包，为了盖过鱼油的味道，然后又从头开始，而且更猛烈。个中缘由没有别的，就是因为从出海开始，他们还没见过一个女人。"我们，"他们这么对待这件事，"我们自从出海，还没见到过女人，所以情思在我们心里疯长。"他们当然因为思念而受苦，但这并不妨碍他们以各种方式激发其在内心的生长，一个人激发另一个，另一个又反过来激发第一个人双倍的思念，如此反复。那只雄性鲸鱼的痛苦——它仍不停地围着船绕圈，同时像喷泉一样喷水——对水手们来说只是诱惑和刺激。

"它可以思念，"他们想，"而我们不行？"

这些个下流坯！这是些小丑，是些骗子，我甚至不愿意看见他们，所以尽量躲在舱房里。尽管我知道，这是一群骗子，但没有想到，达到如此程度。

因为史密斯寸步不离，而从侧兜看来，小钻头也结束了，他们既不能唱歌，也不能叫各种东西的名字——只要有谁敢这么做，史密斯马上就会请他去舱里谈话。但是应该看到，他们多么会把思念泛滥到所有东西，只要是落到他们手里的。他们爱抚地拿着刷子，相互深情凝望。或者抓住绳缆，故意往下弯，就像榛树的枝条——仿佛他们都还是年轻小伙子似的。我没法目睹这一切。我想给所有船员牛奶喝，但我知道，牛奶不会被喝掉。汤普森的碗一直放在那儿动也没动，虽然我在碗下面还放了不止一个，而是两个先令。我跑到船尾，用手指在船舷上写道：

"啊，啊！圣母呀！这是一群难以置信的流氓。然而我怎么办？"

船长严厉地说：

"史密斯先生，夜里把所有的孔洞都封堵起来。请您再给每个人一勺鱼油，禁止嘀咕。"

船长和史密斯看起来极度的不安，我甚至知道，船长因为史密斯的轻率而严厉斥责了他。然而尽管种种禁令，尽管大海的低吟和帆船发出的簌簌声，每夜传来的窸窣声和喻喻声，继续从舱房的地板下传来，而且比前几夜更响，更清晰。我无法忍受了。无法抵御不应有的、糟糕的好奇心，想知道他们之间在说什么，况且我深信，有百分之八十的可能性，他们一定是在谈论我——我在木板之间抠了个洞，然后把耳朵贴上去。声音混杂着烟草和鱼油的味道直冲上来,但开始的时候,我无法分辨出来什么。他们不断地翻身、喘气、呻吟、咒骂史密斯和让他们难受、妨碍他们的鱼油,有些人压低着嗓子在唱歌,而另一些人则在进行某种杂乱、恼人的对话。直到过了一会儿我才听到:

"新加坡来的鸡……"

然后:

"马德拉斯来的鸡……"

"敏都洛来的鸡……"

"从圣保罗的……"

接下来又是呻吟,在肥腻的鱼油怀抱里痛苦地辗转反侧。然后一个声音响起来:

"但愿她们没有癣。"

"不能有癣!当然了!"然后又是,同样的话:

"小手……"

"小脚……"

(简直是想象力的游戏!)

杂音又大起来,然后又有一个声音传来:

"有个女人爱我。我一个先令也没给。她是白爱我的。

一个比塞塔也没要。"

接下来是一阵嘈杂:

"可是,可是!你肯定给了耳环或者项链!"

"谁不能被爱?"一个水手阴沉、厚重的声音说道,"只是不是每个人都想。要爱,得洗干净一双臭脚。现在,当我必须洗脚的时候,我却没有女人,而我有女人的时候,我不用洗脚,如此循环。那个乘客为此给了我五先令。"

"不是这个意思。"另一个人说,"显然,每个人都可以被爱。但是没有时间。没有时间,兄弟们,我说,因为如果你有时间,你也就会有钱,而如果你有钱,你就会去妓院,那里没有爱情就解决问题。而如果你没有钱,你就必须上船出海去挣钱。就是这么个狗屁事。"

(这里面有不少真理!)

他又说道——更激昂地:

"小牙……"

"小眼睛……"

(多少激情!多少玩笑!)

"不是这么回事,兄弟们。"汤普森一边翻着身,一边阴郁地说,"不是这样,兄弟们,只是那个该诅咒的 Reise-

Fieber①。如你们所见,不止一个飞奔着扑向我,在旧金山,或者是在星期日的亚丁,我沿着大街走,内衣,兄弟们,晾在绳子上,而她们则在窥视……"

"谁会不窥探你呢,"一个船上的小伙子讨好地说。(这是多么的厚颜无耻!实际上,我从第一眼就不喜欢船上这个小伙子,他还是从我这儿赚走了二十个先令,都是凭着自己的"媚态",就像我在日记中指出的那样。)

"我们该诅咒的命运,我说,"一个海员咕噜着说,"该诅咒的。没完没了的刷洗!我已经五十岁了——该诅咒的命运,我说。"

"兄弟们,"汤普森阴郁地重复道,"我跟你们说,这一切都是那个旅行病。这是那该诅咒的皮疹,浑身痒,你们知道,串着骨头走,让人无法入睡,兄弟们!我多少次上过女人!每一次我都想,她能带我走,就像船一样,去航行,我这么想,但哪儿的事呀,她还在原地站着。有些什么东西让我膨胀起来,让我飘起来,我跟你们说!他妈的!我飞到港口,好赶上第一条船,然后出海。无所谓,只要能像样地摇

---

① 德语:旅行病;德语名词第一个字母都要大写,这是一个复合词,所以组成该复合词的两个名词为首的字母都大写。

一摇,只要能晃荡晃荡!这是主要原因。女人,你们看,正在给你们提供旅行病。"

"你跑得太远了,"有个人大笑起来,"两周来我们结了差不多三十个扣。"

"根本没动,"角落里的一个人骂道,"海风转了向。"

"而就算动了,又如何呢?"另一个人抱怨道,"在瓦尔帕莱索还是那个老女……像在孟买一样,只是在不同的路灯下而已。"

"我已经知道了,"一个水手从鼻子里不太确定地呻吟着说,"每天只是打扫,刷洗,洗脚。他们为什么让我们洗脚,而不允许我们哪怕上一个女人?是故意的吗?一直是这样吗?"他开始恶心地咒骂,缓慢地,一字一顿地挑选着用词。

"就这么把人消磨了。"一个船上的小伙子细着嗓音说,"是不是,汤米?你怎么想,汤米?"

"而那个乘客喂我们牛奶,就像喂狗!"汤普森忽然粗鲁地爆出一句,"要是这么把罗盘方位转半度,让船侧对风,那我们就会漂呀漂,兄弟们!马上就会走起来。往南那边大概是一片完全未知的水域,听说有海牛,大得像山一样,长着小树林，在那些树林里，嘿嘿……"

（噢，噢！他们在梦想什么呢！去散个步吗？不能允许！）

"那里有很多奇迹。"小伙子说。

"而且温暖些，"一个水手嘟囔着说，"太阳更暖人。"

"在阿根廷湛蓝的天空下，感觉能够尽享少女的奇迹。让我们唱吧，兄弟们！对思念来说歌唱是最好的解药，而每个人都有思念！"沉静、压抑，近于呻吟的歌声传开。在阿根廷湛蓝的天空下……我堵上了缝隙，躺到床上尝试入睡，但片刻之后就匆匆起身，奔到甲板上，因为整个舱室里充满了鱼油的腥味，让人窒息。

水手们无疑全身心地投入了那无休无尽的歌谣，投身了海员们关于未知水域和奇迹的梦想，关于热带奇闻的梦想，关于航海家辛巴达的奇遇的梦想。他们毫不怀疑地吟咏着那些听了一千遍的关于群山的故事，关于密林的故事和关于《圣经》里所罗门风格岩石的故事，胸脯像羊群，头发像瀑布，眼睛像一对小鹿。

想象，像一只被松开绳索的恶犬，龇着牙发出低沉的咆哮，在角落里潜伏。甲板上空无一人。大海深沉地翻腾，海风以双倍的力量劲吹，黑暗的水面上，隐约浮现着暴怒的鲸鱼的脊背，不知疲倦地继续着自己的绕船运动。嗯……我的右手是非洲，左手是美洲，中间是一群鲉属小鱼沉入无尽的深海之中。那些小鱼对孤独是如此惊慌恐惧，以至除了成群结队，从来不会游出海面，它们的群落至少都有一万条甚至更多，而如果其中有一条被捉，只要把它吊在水面上，那其他的鱼都会哀伤地从海浪中露出小嘴，在那儿喘息，就像绵羊一样！

"幸好，"我低语道，"没有女人，因为假如有一个女人在船上……那……谁会保护我呢。但是万幸我们距离很远，没有女人，而且不能有女人。虽然我不知道怎么回事，不能，因为没有，这样他们就不能。谢谢上帝！"

而就在此时，我听到从左后侧传来充满浓浓爱意的接吻声。我用目光搜寻，认为一定是船帆拍打的声音——一个人也没有——但过了一会儿，同一个声音以更大的表现力传来。接吻？在船上接吻？既然船上没有女人，这怎么可能？我清了一下嗓子，慢慢迎风走过去，走向船头。在这里我又听到同样的、绝对不合时宜的声音，非常清晰，似乎就在我的左耳边。我决定马上回到舱房去。因为没有女人，所以也不能有接吻——所以我不应该听到这个根本不存在的声音。然而如果真的出现了某种阴谋，那应该及时退出。我不想掺入任何事。就让他们自己……然而在舱房门口，我停了下来，因为听到在前桅后面，不到三步的地方，传来一个尖细、亲昵的声音，是船上实习生。

"汤普森、汤普森，把围巾给我，我和你去马戏团。"

"汤普森，"我喊道，"汤普森！你们在干什么？敬畏上帝吧，汤普森，有点儿理智吧。"

"怎么了？"汤普森咆哮道，却没有放开那个依偎在他怀里的实习生。

"汤普森，可他不是女人！我给你们英镑，纯银的，汤普森，纯银的英镑！我请求你们！"

"可是我像女人，"那个船上实习生娇滴滴地说，"我的嗓音很细，像女人。"而汤普森立刻高傲地把大拇指竖到我的眼前，然后两人就不再看我。我假装要去找手帕，匆匆地离开了。但是在第一个舷窗附近，在夜色的阴影里，我又看到两个海员相互搂抱着一起走。我回转身，结果又看到另外两个海员在船上的厨房附近窃窃私语。这可不好，我低声说道。我将不得不不断地扭头。无论如何，还是叫醒船长比较好。他们在密语和商议着什么。

但是克拉克并没有睡。我吃惊地看到在船桥上,他的烟斗如磷火般闪烁。显然他决定在夜里要警惕船上的情况。他站在那里,极其专注地看着弯曲的手指末端。一个好船长——我祈祷般地想——一个高贵的船长,表面上看有点儿古怪,但是尽职尽责、经验丰富、顽强不屈。他不会放任他们的!他不会允许!我靠近他,借机用几句话向他说明了情况——在船上有人接吻,而船员聚集在甲板上,或者在舱房的硬板床上辗转反侧。另外,海员们热血沸腾地到处走动,彼此说着什么——他们彼此拥抱在一起。

"什么?船员叛乱?"船长从沉思中惊醒,开口叫道,"史密斯先生,您命令我戴上我的风帽!叛乱必须按照所有航海和海员的法令进行惩处。领头者将被塞进袋子里,缝上口,我给他们念一段福音书里的章节,然后将他们的脖子拴上石头,扔到海里去。整个过程最麻烦的是如何把他们塞进袋子里。应该在袋子底部放些诱饵。"

(多么愚蠢!在这样的时候!这是怎么了,为什么愚蠢总是不肯离我半步?可怕的疲惫像橄榄油一样流遍我的全身。)

"如果轮船正驶向瓦尔帕莱索,那么我,作为船长,就应该注意,让船能够驶到瓦尔帕莱索。我必须保持洁净和秩序,不是吗?赞特曼先生?这种理解不正确吗?"他以闻所未闻的傲慢看了我一眼,鼓起一口气,眼睛向上翻,脸憋得发紫,然后变成吓人的猩红色,以致我倒退几步,尽管不情愿,但还是捂上了耳朵,怕他会突然爆发——而他猛地跳起来,在空中飞行几步,然后坠落。是什么来的?就像飞鱼。我当初干吗要跟他说飞鱼的事呢。看得出说话是不好的,因为词语的范围难以预料,而梦想的界限会彼此交叉……"他害怕,"船长带着胜利的口吻,一边下落一边说,"他害怕,他……大自然!痛击吧!痛击吧!继续吧!向前!万岁!"看起来,他已经疯了。"您看这儿,赞特曼先生,"他伸出右手粗大的食指,"您看到什么?一个小蜘蛛。"

"您想象一下。"他又拖着长音,鼓起一口气,对着我的耳朵喊叫,因为风变大了,浓云聚集在北方的天空,而他的烟斗已经熄灭。"我刚才在这儿找到它,在船桥上。我看到一只巨大的母蜘蛛,而这个小蜘蛛正慢慢接近它。遭雷劈的!离我只有两步。应该要知道,这个黑家伙是怎么劈着腿,一动不动地等着,就像在施催眠术。就像'数清了、称好了、分掉了'①,它在请求,让母蜘蛛别吃了它。它开始哀叫,我跟您说!您怎么看?我多么爱上帝呀——您说得对,这里周围的一切都互相利用,只要自己愿意,而只有我,愚蠢……我,愚蠢!您怎么看——您怎么看这只蜘蛛?"

"更糟的是,"我低声说道,眼睛看着边上,浑身在颤抖,"蛇在对付小鸟时的举动完全一样。"我的感觉比较弱,我的感觉比较弱。因此事物之间的差别,包括善恶之间的差别就模糊了。

船长瞪起眼睛。"什么?赞特曼先生?对!小鸟——蛇,这我也没想到。鸡皮疙瘩都起来了。这些捣蛋鬼,哼!一切都在搞小动作,都在交配,蜘蛛们、小鸟和蛇,海员,一切都在享乐,而我……甚至在船上,在鼻子底下,而我……简直是,而实际上海里有鱼,而在魔鬼那儿,鱼,鱼是雌雄同体的!"他喊叫着。这一点我可从来没想过!遭一百万次雷劈的!您可曾考虑过,鱼是雌雄同体的?它们身体里有所需的一切,才是必须享乐的?!而就我一个人得这么站

---

① 原文为 Mane, tekel, fares,是被神秘之手写在巴比伦宫殿墙壁上的预言,《圣经》中给出了这三个神秘词汇的含义,即"数清了、称好了、分掉了"。这句神秘预言,直接导致了巴比伦的灭亡。

着——我一个人得这么站着，像根桩子？

"那是夫妻。"我小心地说，因为我的头发都已经竖起来了，我怕我的话会冒犯他。"这肯定是夫妻——在每条鱼里都有一个男人和一个女人，还有一个小神甫。干吗要引火烧身呢？干吗又这么大声？可是，可是，船长先生，"我身子探过扶手补充道，"那边儿在甲板上已经不是几个，而是有很多水手了。看起来甚至是所有水手都在一起，窃窃私语、相互拥抱，而且向这儿来了，抱歉，我大概得回舱了。"

"而，"船长搓着双手说，"而他们，来这儿？史密斯先生，快过来，到我这儿来。您把二副叫来，快！他们来这儿？那我们跳个舞吧，在我能够喊出来之前，用远非优雅的手势，从兜里抽出一把冰冷无声，泛着蓝光的勃朗宁手枪。"

我快步走向舱房，躺到床上，快速地入睡了。但我却做了个极不平静的梦，在梦中，所有人都聚集在甲板上，彼此挨得很近，然后一阵骚乱，彼此拥抱，粗鲁的推搡，压抑的低语，呻吟，恶心的诅咒和咒骂。在船桥附近，有什么东西挤作一团，然后又涌向船后部，但我不太确定，是否发生了叛乱，因为并没有听到枪声。我觉得，在梦中似乎有人叫我的名字，叫了几次，伴随着狂野的笑声、尖叫和讥笑，还有搓手——赞特曼、赞特曼，就像是我付的费。就像这一切都是用我的钱。

船摇晃着，慢慢升到空中，我听到，有人在讨厌地解释，这是怎么回事，说是船遇到了逆风，所以海浪层层涌起，所以船的航向，还有风，而船就向上升起，升得很高。我想叫喊，但发不出声音，因为我睡着了，但同时有人在用手指触碰舵轮，船开始转向，班布里号侧面向风，所以突然加速，以致我从床上掉到了地上。

四

午夜时分，海上的微风细雨变成了暴风雨。双桅船像秋千一样摇来晃去，一路飞驰，发出爆裂的声响，而随后船速骤升，升到如此之高，以致我被紧贴在舱房的后墙上，动弹不得。班布里号顽强地坚持着，迎接着右舷四十五度角上刮来的风雨。在二十六小时之后，摇晃停止了，然而我宁愿不到甲板上去。因为无疑发生了叛乱，而即便不是叛乱，至少也是类似的事件，所以我认为比较理智的做法是在我不确定地知道，在外边会碰上什么之前不掺和。我锁上门，用柜子把门顶住，在角落里，我有一包松糕和十一瓶啤酒。

清晨，我小心地从窗户向外望了望，但马上退了回来，并且把窗帘放了下来，甚至又用大衣把窗口挡住。我所看到的一切，坚定了我的想法，只要他们不来，不把门弄开，我是不会自己出去的。我的境况十分糟糕，因为松糕可能会吃完。更重要的是，尽管我在大衣上又蒙上一层被子，但还是有光线从缝隙透过来，光线在此时绝对不合适，饱和而明亮的光线——由于风暴的原因，船舱的墙壁龟裂扭曲，形成很多人脸和爪子的形状，一切都是扭曲的。这些脸都多此一举地假装圣明，似乎有大脑，而且都多此一举地旋转扭曲，末端变得很尖。非常有大脑的尖脸。这愈发让我小心行事。

然而我不知道，他们是忘了我，还是认为我被风浪扫到海里去了，抑或他们还有别的事要忙，在三天里没有一点儿生命的迹象，这足够了。船舱里变得酷热。我又从窗子向外看了看，但立刻就退了回来，缩到船舱的另一个角落里，因为我看到了某种非常亮的浅绿色，一眼看上去让人觉得，这种明亮的浅绿色可能比阴沉晦暗的夜色更糟糕。此外，在船舷上落了一只很小的、过于明亮的蜂鸟，而地平线则变幻着彩虹的所有颜色，这我很不喜欢，当然，饱和的光线，繁复的装饰，鲜亮的色彩都不情愿地制造着某种氛围，而关于我，我宁愿灰色的秋天的黄昏，或者是雾气弥漫的黎明，我不喜欢光辉灿烂——与之相比，我宁愿宁静朴素的角落，因为在那里我总能知道，结局会是如何。

我躲在角落里一动不动已经是第四天了，尽管干粮已经吃完。感觉船开得越来越快，但没有一丝的摇晃，平稳得像是小船在池塘里前进——而从缝隙里透进来的光线，越来越明亮。停在外边的肯定已经是巨大而让人伤心的秃鹫，还有样子古怪、声音吵闹的鹦鹉，还有像在鱼缸里养的金鱼，也许远处还有猴面包树、棕榈和瀑布……是的，是的……没有问题，因为叛乱者利用风力，把班布里号带到了一片不知名的热带水域——然而我宁愿不猜想，那浅绿色是怎么回事，还有被海底潜流裹挟的帆船正驶向哪些神奇的群岛。我宁愿听不到那些船员们狂野放纵的叫喊，他们以此迎接蜂鸟、鹦鹉和其他来自天上、地下的，预示美妙狂欢即将到来的各种象征。

不，我不想知道。我不想知道，也根本不期待炎热、鲜亮和奢华。我宁愿不走上甲板，因为我担心会看到些迄今为止混乱的、被遮蔽的和没有被说透的东西,我会在彻底的无耻中失控,在孔雀羽毛和温暖的光线里失控,因为从一开始,一切就都是由我而起,而我,而我与所有人一样——外在是一面镜子,而内心在里面审视着!

(赵刚 译)

在厨房楼梯①上

在黄昏时分，在路灯刚刚开启的时辰，我喜欢到城里去，找女仆，干杂活儿的女仆。不知不觉地，这就形成了习惯，就是众所周知的——习惯成自然。外交部的其他成员，还有大使馆全部参赞们（当然指的是未婚的），也要上街找人，有的找这样的，有的找那样的，按照自己的趣味、想象力、气质，各有所好，但是我特别要找粗壮的女仆，戴头巾的，包做全部家务事的。这是因为派我到巴黎去当二等秘书——从我的年龄看，这是非常有荣誉的——但是因为思乡心切，每隔一段时间，我都必须回来一趟。令人望而生厌的是女人少见的小腿肚子，细细的、有点哆嗦的、穿了长袜子的小腿肚子——那儿的女仆都是那样的。还有气势汹汹的活泼劲头，讨厌的活泼劲头，不能容忍的巴黎式的活泼劲

---

① 厨房楼梯：在讲究人士居住的公寓楼里，有两套楼梯：前面的一套供客人和居民使用；而后面厨房楼梯供仆人使用。厨房楼梯一般质量不好，不像前面楼梯那样得到良好的清扫。

头,太细碎,高跟鞋后跟嘎达嘎达声太响,而在恒星广场,或者甚至在左岸地区,都根本找不到实实在在干活的普通女仆,就是胳膊上挎着篮子,出入洗衣房或者食品店的那种。维森霍夫写道:

巴黎女人纤足令人兴奋的节奏

就是这样的节奏要把我打倒了,我正在寻求另外一种节奏和另外一种韵调呢。

是这样的:我远远地看见一个干杂活的女仆,她迈步拖拖拉拉的,两条腿肥壮,于是我加紧脚步,跟在她后面走,一直到她进了一个大门。在厨房楼梯上我遇到了她,开口问道:"科瓦尔斯卡太太在这儿住吗?"又说:"认识一下吧。"这其中没有什么实在的东西,比如亲一下脸蛋呀什么的,虽然在大约五年之内,我遇到过的女仆不少于一千几百个,但是她们都太胆小,肯定是因为她们的女主人都太严厉。从这方面我从来没有得到过什么好处,只不过我倒是生活得更轻松一些。

但是,有一次,我不够谨慎,被一个朋友瞥见了,正如可以预见的那样，他逢人便说：

"你知道，昨天我在霍沙街上瞧见菲利普，我告诉你们，他正在回头观望一个邋遢难看的娘们！"

这件事传开了，不知是第十个还是第二十个造谣分子开始挖苦我，投我的所好，说什么我爱啃新鲜大萝卜，另外一些人还故意装正经："有的事我是知道的，但是不能告诉你们。"可以想象，我是多么担惊受怕。外交部里的确常常出现各色各样的事，也不过是有人喜欢这样，有人喜欢那样，但是还有的就是时髦的短袜子，还有那个丢人的物件——赤脚、干杂活的粗丑女仆。如果起码是面貌平常、大门边健壮的女孩，那我可以说类似关于新鲜大萝卜的话，比起城里头不健康的软烂肉块，我情愿要新鲜的大萝卜。但是挎篮子的女仆，干杂活的女仆，和大萝卜没有什么共同之处，他们常用的是猪油、油炸技术、可可油。有时候，在苦涩中，我在她们有哈喇味的丑陋中看到我自己的厄运、某种非吉祥之星，为什么——我心里想——在每一个阶级和环境里，都能够走高到小女孩、小姑娘或者大姑娘，总之——诗歌，而只有干杂活的姑娘们被剥夺了优雅和美丽呢？后来我才发现人工选择的规律：有钱的女主人专门挑选最丑陋的胖姑娘、脸色通红的，或者肥肥的笨丫头，长着可怕的臀部的，脸面好像被拳头直截了当砸过的，因为家庭女仆的面貌应该这样，让男仆们对她们都不能够自然而然地感受到上帝的旨意。

正因为这样，连我也感觉不到对她有什么欲望，至少是没有那种欲望的，而只有严重的怯懦，最甜蜜的怯懦，在内心的最深处。这种怯懦从青少年岁月就留在我心里，当时曾经在屏气凝神、心跳加急之中偷看我们家干杂活的女仆。她伺候午餐、刮擦地板、送来晚餐……或者在复活节前夕洗刷窗户……在这些时候，我都热切地瞧着她，胆小，眯缝着眼睛偷着看。今天，我当然不会发疯，硬说这样丑陋干粗活的女仆符合审美的或者其他什么别的要求，但是，当时，我还记得，即使她患有齿龈脓肿，但是对于我胆小的心理来说，擦洗窗户的时候，她那个脓肿是比花盆里的天竺葵美妙得多的，我还记得，那真是妙不可言。自然要低头俯瞰的。

后来接踵而来的是上学、受教育——用课本的和不用课本的教育、"长大成人"、漆皮鞋、领带、洗牙、清理指甲、取得成功、装饰和鸡尾酒会、巴黎、伦敦，但是，我这被优雅压抑住的胆怯心情一劳永逸地爱上了厨房的杂务，围绕着小门面的食品店，在那里得到满足。尽管如此，也正因为如此，我被认为属于外交部里的最文雅人士之列——我喜爱戴头巾的女仆，虽然戴了礼帽、身披英国式大衣，却时常感受往日的情绪、往日的心跳，似乎我的精神家园就在于此。

但是，这是怯懦。但愿就是大胆才好啊。如果是大胆的性格，则所谓的好看姑娘，或者轮盘木马，或者办公室，或者旅馆房间、取乐的事、逗笑的事，都会应有尽有，不会变成众人闲言碎语的对象，而且我会说，我是一头豹子。但是，因为我的怯懦，我可该怎么办呢，怎么为自己辩护呢？

"菲利普，你回忆回忆，是不是回头瞧着围了头巾干粗活的女仆了呢？"

我害怕了——怕得厉害，所以后来很快结婚，所娶的女士完全是那个女仆的解毒剂。我害怕嘲笑。嘲笑是真正的暴虐！所以我避开女仆们，把她们从记忆中撵走，把她们全部解雇，对她们啪啪地关上大门。但是，在克鲁查大街和霍沙大街，是否还时时闪过粗壮的小腿外加粗厚的大脚呢？也许是这样的吧——但是这对于我乃是"未知的领域"。我的妻子极为少言寡语，极为和气安顺。她的腿像亚麻一样柔软，很长，脚背十分纤细，这一切都最雄辩地证明了我的优雅趣味，而且她的侧影也是灵活又雅致的；我们的婚姻在所到之处都造成了完美的印象。我们聘用了一个十分机智灵巧的年轻女仆，一点也不像那些挎着篮子的——她戴着有花边的小白帽，围着餐桌伺候，十分得体。

我妻子把我们的家安排在适当的基础上——就比如以一条腿为基础，这样的腿修长、纯正、拱形脚桥，远离那些塌陷下去的、变形的、总是平板的大脚掌，离开十万八千里。实际上一直也没有什么变化，只是在黄昏时候有两个小时，随便一些，而其他时间，日复一日，都是一成不变的，甚至在发脾气的时候，也不会忘记，我乃是外交部人员。而我呢，常在家里到处走动，反复赞扬："啊，多美啊，多么优雅！（Ah, quelle beauté, quelle grâce！）"我重复这句话，没完没了，以致就地引起严重的疑问，连妻子和朋友们、戴优雅小帽的年轻女仆都怀疑起来，我是不是在接受医疗或者受到观察。不然怎么解释……如此奇怪的残酷……也许，洗牙太频繁，太仔细，刷牙用力气太大，穿的薄底便鞋鞋头太尖，漆皮鞋太亮。例如，妻子每天洗澡，我猜想，不会是没有某种决断的用意的。这其中残酷太多，温情太少，某种水疗法过度。看起来她们似乎甚至想要压制我一丝一毫的思念、对某种奇想的奇想、回忆的回忆……

我在顺从中承认，我佩服我妻子，就跟我曾经一度佩服巴黎的凯旋门一样；但是这个凯旋门缺乏特殊的分离感、某种笨拙感，所以我回国了。为什么我没有力量对妻子也这样办呢，她同样也是没有什么分离感的，为什么我还要在无疑是奇妙的、尽管是陌生的国度和海洋上漂泊，而不是在国内定居下来呢——每个人都住在自己的国家里，这难道不是第一义务吗？

非但如此，我还像叛徒、蜕化分子一样，以虚假的仰慕眼光看着敌对的、我妻子萎靡的国家，看着它光滑而灰白色的原野，看着像一个月光下的世界一样的死灭而寂然的多种细节。"一座迷人的小山，"望着睡美人，我心想，"圆圆的，不大，雪白。优雅的形体，柔软的腰身——波浪形的、现代性的、审美的！迷人的腿，比例和谐，在雪白的床单上伸展。"我在说谎，而且说得下流。这是一个月色的世界，而大地母亲在别处遭受了损坏。但是，妻子即使在梦中也不会滋生出反抗或者某种暴动的念头——即便有一点自作主张，也不过是把腿慢慢向下伸一伸，似乎只有这个动作是得到允许的。

啊，这是纤细的脚，纯洁，脚桥拱起，像巴黎的拱形，凯旋门的拱形——我已经说过，我们这个家是立足于适当的脚掌之上的——妻子善于投足，无须勉强，从遮掩处伸出，一如既定的利他主义。我以冰冷的嘴唇吻她，令人迷醉的是，她这么娇小，每个粉红色的小小脚趾头都像小玩具一样，一切都很适当、完美、精致。她全身的皮肤，连一个色点都没有，一切都是雪白、光洁。只有阴冷的和雕刻般的月色，只有和谐的远景，只有修剪整齐的树篱，中国的或者日本的灯笼之雅致！这是仙境。其名称也是生疏的，用外语词汇，始于 manicure（美甲师），经过 ondulacja（发型波纹），到 savoir（知识）到 bon-ton（好风度）。我呢，我当然也是欧洲人啊，洗浴、清洁。同样，在外观上，也是整齐、清洁的，一切都光洁清亮，薄底便鞋、漆皮鞋、手杖、室内便衣。

一切都很便利，都很方便，只需作出规定的符号就可以了。借助于数量不大的符号，我赢得了我妻子的欢心，而在外交部，也是借助于规定好的符号料理好一切事务。理发师、女职员、组成外交部核心的一般人员，也只需要规定好的符号、数量不大的程序：电影放映室、餐厅、舞会厅和座椅，都像自动机器人似的清理，只以恰当的方法按一下按钮即可。到处都是英国造的开关，但是启动开关是有条件的，必须熟悉一套容易弄糊涂的密码，再扭动钥匙。就这样，身披最坚硬甲胄的女人（我深信，我这个妻子就是这样的女人）也像牡蛎一样打开了，但是必须说出恰当的、习惯上神圣的语词，还得完成礼仪手势才行。一切都是平滑的、容易的、顺溜的，就像我妻子一般样式的腿脚一样，就是说，一切都在向下伸展的同时越变越细，而成为小脚丫，一切都归结为这么一句话："鸡尾酒会，请了皮奥特罗夫斯基夫妇了吗？"

是的，在那里，这些女仆的情况是有一点更难的，就让我们专门地回顾一下，那儿是怎么样的情况。在那儿，激烈的反抗来自各个方面，而且还要某种可怕的撩逗，眼睛、鼻子、触摸——她们不愿意，唯独我愿意。我在踱步，从远处张望，我望见——她在那儿走，摇晃着臀部，慢慢腾腾地摆动短粗的小腿肚子，夏天赤裸，冬天穿这粗糙白色羊毛长袜子。我加快脚步，但是这个时候我的大衣和礼帽发挥作用，开始感到令人感到麻烦和讨厌。因为我想要看见她的脸，看看面貌如何，可是怎么转身追着瞧她呢，那不是丢人吗？女士们会说什么，戴宽边帽的人怎么看待我这顶礼帽呢？所以我越过这个女仆，加快脚步，然后找借口转弯（走路已经沉重，已经感觉到了英国式大衣碍手碍脚），赶快瞥一眼，最后算知道是什么模样了。是那种红脸蛋蛋的、显得俏皮的，还是白脸的、太胖了一点的，还是那种怯懦的、胆小的，还是嗓门大的，还是爱咯咯咯地笑？在许多的停顿之后，在和女伴们多次说笑之后，她转向大门，于是我三脚两步赶上前去，上了厨房的楼梯，气喘吁吁地问道：

"科瓦尔斯卡太太在这儿住吗？"

这个女仆没有想到什么，正认真踏着楼梯上楼。这个时候我却竖起耳朵捕捉声响，听着是不是有人从上面下来，或者有人从下面上来，一家之主的太太藏在什么地方，于是我小声地、胆小地（心跳得厉害）动问：

"和您认识一下吧。"

这个女仆站住了，瞧着我，好像开始微笑，头巾下面好像有什么在开始探索，伴随羞怯而幸福的微笑伸出一只肮脏的小手，一只挺大的小手，伸出得不多，只在习惯允许的限度之内。我拉住这只小手，抚摸它，轻声说道：

"玛蕾霞，我很喜欢您。从元帅大街上我就跟在您身后的。"

因为受到称赞，这个女仆微笑了。

"嗯……有什么可喜欢的呢？"

我低垂了目光，心跳加快：

"一切，玛蕾霞，一切！"我尽力说得平缓，尽可能地自然，以免说出更多还没有习惯说出的殷勤话。

女仆笑了。

"胡说！"她笑着，"胡说！"立即用一个手指头触摸一个龋牙。

她暂时忘记了我，全神注意她那颗龋牙，我站在那儿，等着。她缩回手指，瞧了瞧，突然，她的心思变了！

"我不喜欢在楼道里认识什么人！"

某种原始的骄傲感在她那儿觉醒。她突然不客气地说：

"你看见他了，我喜欢他，他觉得，找到了人。"

我低下头、缩起肩膀，觉得怯懦、野性又出现，和以往多次一样，一无所获！（其他的女仆已经都听见了，已经透过半掩着的厨房屋门偷偷瞧见了，而且一个一个地望楼道探头，还嘻嘻嘻地笑，人也多起来。）我这个女仆情绪顿时好

转——有什么东西让她觉得可笑吗,还是她想要表演一番呢?于是她鞋后跟踩着楼梯,伸出脚来、发出野声野调:

"嘻,嘻,嘻嘻,嘻,得儿哒,嘀嗒嘿嘿,嘻呀么嘻嘻!"

"安静,安静。"我小声说,担心公寓里各家的女主人。她们随时可能走到楼道里来。而其他的女仆藏在上面的楼道里,叽叽喳喳地重复她的叫声:

"嘻,嘻,嘻嘻,嘻,得儿哒,嘀嗒嘿嘿,嘻呀么嘻嘻!"

嘻呀么嘻嘻?——有意思,这股逗笑尽头哪儿来的呢?我身上一定有点什么滑稽的东西,像斗牛士红颜色斗篷似的把她逗笑了。肯定是我激发出了她们的滑稽感,多多少少就像她们激发起我的嗅觉那样。高雅的大衣能起这样的作用吗?或者是我的清洁、指甲的光泽,就像对我妻子来说,邋遢也是滑稽的那样?而首先大概是我对这些女士们的恐惧——她们感觉出来了我的恐惧,这却让她们觉得可笑——这笑声已经开始,我已经知道:一切都晚了!如果还想要安抚她,制止笑闹,再尝试拉她的手——上帝保佑,玩,就玩一玩吧!她一步走开了——围上头巾——对着整个楼道发出呼吼声:

"你要干什么!"

我急忙往下跑，低着头，身后乱成一团。

"你们都看见这个流氓了！"

"曼卡，把他撵出楼道！"

"天子第一号的恶棍！"

"撕烂他的嘴脸！"

"欺负起黄花姑娘了！"

"他欺负黄花闺女！""撕烂他嘴脸！"是的，是的——是的，是的——这儿的人和理发师、普通工作人员有点不一样；这儿的一切都是巨大的、野蛮的、不知羞耻的、把人吓坏的，真是厨房大丛林！——一切都是这样！当然从来没有出什么不道德的事。咳，都是被禁止的、消失的记忆了——人是多么没有理性的东西，就是说，情感对理性永远占上风！今天，在静心回首不可返回的往事的时候，我知道，就和我当时就领悟到了一样，我和女仆之间是不会有什么结果的，原因就是彼此之间天然的、不可逾越的鸿沟；但是，即使在现在，和当时一样，我也是无论如何不愿意相信存在了这样的鸿沟，于是我的怒气转向住宅的女主人们！谁知道呢？如果不是她们，如果不是她们的宽边帽子、手套，她们酸味的、阴冷的、一百个不满意的脸面，如果不是这种令人瘫痪的恐惧和羞怯感,担心什么女主人随时出现在楼梯里,如果不是她们给女仆们灌输这样的恐怖,散布荒诞不经的故事,说有强盗、强暴和凶杀……是的,这些女主人用自己的宽边大帽子制造出来畏惧和可恶的胡说。哎,我算恨透了这些滑头滑脑的小姐了,院子里这些小丫头,干杂活女仆的女主人,要把罪责都推到她们身上——很可能是不无道理的,有谁知道,如果没有她们,女仆们的性格对于我也许更和气呢。

我开始见老。鬓角出现白发,我曾经享有国务副秘书的高位,在洗涤清洁方面甚至超过我的妻子。

"清洁,"我对妻子说,"清洁,当然,首先是清洁。清洁就是大胆!"

"大胆?"妻子扬起眉毛,爱理不理地,"大胆,什么意思?"

"胆小怕事就是不大胆!"

"我不太明白你的意思。"

"清洁创造光泽!整洁就是光泽!整洁就是楷模!我不能容忍全部的怪脾气,这些什么有个性的做法——这就像原始森林,丛林,'野兽和兔子在里面自由奔跑'。我讨厌赤身裸体的原始人,一面乱跳、一面吱吱地叫唤,吼吼地嚷嚷……可怕……咳,咳,可怕!"

"我不明白,"妻子冷冷地说,"但是,但是……说到清洁……你说说,你在澡盆里都干什么了?你洗澡的时候,发出的声响传遍了整座楼房——到处都听见水溅出来的声音和呼隆呼隆的声音,啪哒啪哒声,汩汩的声音,嗓子里呼噜呼噜的声音。昨天信差就听见了,问是怎么回事。我得告诉你,洗澡应该安安静静的,我看不出来干吗要哗啦哗啦的。"

"有道理。也许你说得对。可是我想,这世界上的事真乱——我想到要把我们淹没、吞没的肮脏,不讲究清洁就造成的肮脏。哼,我讨厌,我恨!可恶!你停止!你也必须讨厌,像我一样,你说,你讨厌。"

"你这么着迷,奇怪,"妻子冷冷地说,"我不讨厌。我不管。"

她瞧着我。

"我根本就不想管。"

我表示厌烦。

"我也是啊,宝贝。"

不理不管吗?既然她这样说,那好,我也没什么反对的,我这样麻木地不理不管也有几十年了。但是有一天夜里发现,我妻子的不理不管的态度是有限的,我们夫妇差点吵起来。她使劲拉我的胳膊,把我拉醒了。她俯瞰着我,披着胡乱抓来的睡衣,变得认不出来,又气又恨,全身哆嗦:

"菲利普。醒醒,别说了!你做梦胡说什么呀!我听着就讨厌!"

"我?做梦了?真的?说什么了?"

"'科瓦尔斯卡太太在这儿住吗?'"她越说气越大,"'科瓦尔斯卡太太在这儿住吗?'接着你还吼叫什么'得儿哒,嘀嗒嘿嘿,嘻呀么嘻嘻!'太可怕了!"她用舌头尖模仿这句昏话,挺费劲的。"后来你又哼哼着呻吟,开始胡言乱语,什么你要闷死什么白色的、冷冷的、令人憋闷的月亮,开口重复一个词儿:'我恨',一次又一次。菲利普,到底是什么月亮?"

"嗨,没什么,亲爱的。我哪儿知道做梦时候说了什么。月亮?有点精神病……"

"但是你说,你要闷死……闷死……还有很多乱七八糟的胡话!"

"也许是回忆起年轻时候的事。你看,我年纪大了,岁数一大，就想起青年时期，就像你三十年以前喝过的鲜汤一样。"

她眼睛向上翻着看我，颤抖起来，我立刻极为惊奇，发现在这么长的结婚生活之后，她是怕我的。唉，就像老鼠怕猫一样！

"菲利普，"她在惊慌中说，"月亮……（这是让她最感到胆战心惊的）……月亮……"

"没有什么可忧虑的啊，宝贝儿，你不是透明石膏。"

"透明石膏？怎么会呢？当然不是。透明石膏到底是什么意思呢？当然我不是透明石膏，菲利普！"

她突然大叫：

"菲利普！我从来没有跟你度过一个安静的夜晚！你不知道，你打呼噜！我一直没有说这件事，是因为谨慎。但是，看在上帝的分上，你要清醒，好好看看你自己，找个方法说明这一切，不然结果怕事不好的，你看吧！"

她呻吟了。

"连一夜都没有！唉，你还弄乐器，吹哨，就好像半夜吹小号一样！跟在野地里打猎一样。我为什么竟嫁给了你呢？本来可以嫁给莱昂的嘛。现在，你倒开始见老了，就更糟糕,而且,春天快到了。菲利普,说清楚那月亮是怎么回事。"

"可是我解释不了,因为不明白,宝贝儿。"

"菲利普,你是不想明白。"她又补充说,手指头敲着床头柜,"菲利普,我得告诉你,我不知道这月亮、诅咒等等的都是什么,但是不管遇到什么事,你记住,我都是你的好妻子。我对你永远都是真情实意的,菲利普。"

我感到奇怪,怎么会打呼噜呢——她要怎么办呢——为什么我发出这样的声音?……我不过是一个没有热情的、嗯、无害的、鬓发灰白的老先生而已,经受过生活的坎坷,是一个满足于家庭宁静和办公室工作的普通人——除此之外,只不过悄悄地和我们的女仆拉扯了一下而已。妻子发现了,立即把她赶走,又雇用了另外一个。我也对这个献了一丁点的殷勤。妻子也把她驱逐,但是对下一个更年轻的我也施展了手段,不久以后妻子把人家解雇了,哼。

"菲利普!"她说,"C'est plus fort que moi(太过分了,我受不了)。"

"难啊,我亲爱的!我渐渐老了,你不是看见了吗,赶在退休之前，我还想玩儿玩儿乐乐嘛。而且那些机警年轻的，戴花边帽子的，你知道，都是大使们的食料，专门在最好的餐桌上吃饭的。"

于是妻子聘请了一个老得多的年轻女仆。但是，老戏又在这个女仆方面重演——嘿嘿！——妻子心想，我这是过渡性质的反复无常，都是一时的桃色事件，最后淘来了一个戴头巾的丑女，她看准了，这是个没人能看得上的。

当时我确实消停了一阵子。必不可少的一个大箱子搬进了下房——我没有抬起眼睛，只是在午餐的时候，我才抬起眼睛，看见了可怕的、粗糙的手指头，看见了前臂粗厚的、黑灰色的皮肤——听见了震动了整个房屋的脚步声，闻见了呛鼻子的老醋味道和葱头味道；我虽然潜心读报，却还是不由得耳闻呼啸声、生硬咯噔声、这个躯体全部活动的笨拙的闷声。我听见了她说话的声音，稍微有点沙哑，也不是乡下音儿，也不是城里的音儿，有时候刺耳的吱吱声从厨房里传来。现在我是不听而闻，不视而见，心跳个不停，又变得胆小、惊慌，像原来在楼道里那样——我在家里到处转悠，同时谋划着，算计着。不，妻子的忧虑都是荒唐的，一个风烛残年的、静悄悄的人，怎么会背叛她呢……这样的男人最多不过是想要在大行归西之前，多吸几口过往岁月的空气，多看一看、听一听罢了。

　　我注意观察自然元素的游戏、人生的悲喜闹剧——妻子如何对待女仆，女仆如何对待女主人，在这样的接触中她们都露出了真实面貌。起初，妻子不说什么，只是"哎呀！""哎呀！"地惊叹。我看见，因为这个女仆像砸地面似的脚步，她哆嗦得飕飕的，但是为了我，她使尽力忍住。这个女仆带来箱子，还带来了特有的东西，就是害虫呀，牙痛呀，脖子酸痛呀，瘰疬呀，大哭呀，大笑呀，大大的洗刷呀，没完！——这一切占据了住宅的空间，妻子嘴唇闭得越来越紧，只留下叹气的小缝隙。开始调教女仆，这是理所当然的——我从旁冷眼观察，这个程序的形式越来越严酷，渐渐变成了开垦荒地的过程。女仆哎哟哎哟嚎叫，像被烧红的铁棍碰了一下似的，依着她的性子，一步也迈不出来，而妻子则是寸步不让——越发地要压住她，恨她，而我虽然从旁观察，也有点愤恨起来，虽然我说不出来，到底因为什么。我眯缝着眼睛，在吃惊中看到，妻子面前如何升起原始的蛮力，没有用"玛瑶拉"牌肥皂来软化，如何出现了残酷的史前史的一场斗争。

除了其他情况，这个女仆肚子里还发出水泡声。妻子给各种药治疗，但是都无效，她肚子里好像不断地发出神秘的、来自深渊里的那种咕噜咕噜的声音。妻子用食疗法，禁止她服用可能造成讨厌声音的一切，到最后大喊：

"柴霞治不好的话，就撵走柴霞！"

女仆吓坏了，因为害怕，咕噜声加倍；妻子也脸色苍白，怒火上升，眼看着没有办法，只好装着没听见，但是眼皮轻微的颤动显示还是听见了。

"柴霞，"妻子吩咐，"我要求你一星期洗一次澡，最好在星期六，应该好好用用刷子、肥皂！"

过了几个星期，妻子悄悄走到浴室旁边，小心透过钥匙孔观看。柴霞站在浴盆旁边，穿着衣服，用温度计拨弄水面，刷子和肥皂放在旁边，没有使用。于是又大吵起来。持续的愤怒争吵把妻子变成了一个火气大、得理不让人的市井女人——把我也吓坏了——对着在晚上来看这女仆的未婚夫怒吼，喋喋不休，问他：

"您来干什么？请您走吧！不需要您！我不允许有人到这儿来坐着！走！请您走！马上走！请您再也不要到这儿来！"

真是大院里那种厉害的女人，一影不差，一影不差！

这一切场面，这一切变故，我从旁观看，好像患了蜡屈症，同时用叉子在桌布上乱画，一连几个小时。到了这一步，是没有办法扭转的，只好收拾一番，结账——在最后完事以前，大概还得听一听这丑姑娘甜蜜而内疚的细声细语。过去的、早已忘记的旧事、往日的羞辱和往日的遗恨又来敲门，就像啄木鸟在冬天敲啄冻僵的、没有叶子的树木那样，从角落后面伸出一根粗大手指头对我指指点点的。唉，现在我变得多么卑微，像是石头一样被大水反复冲洗，而那些抗拒、忧虑、羞涩和奔波也已经踪影皆无！且慢——我没有回答这些令人烦恼的问题——我这一辈子就这样耗尽了吗？只有罪过、只有污秽是深刻的吗？深刻性藏在肮脏的指甲后面吗？我不假思索地用手指头在玻璃上写出："向别人的清洁抛撒自己污秽的人噩运来临，因为污秽归于自己，净洁归于他人。"

我草草地思考了一番这些模糊不清的问题，有人把一定数量的丑陋和污秽都堆在围了头巾干杂活的女仆身上，如果清除了她身上的丑陋和污秽，她就不再是干杂活的女仆。但是，每一个女仆都是有丈夫的，而这个丈夫如果爱她，就是激情地爱她作为美与丑的整体，所以，虽然可以谈论丑陋，但是她也是有人爱的。既然有人爱，为什么还要强制她呢？我又想，如果有人只爱美和净洁，那就只是爱本质的一半。再往后我零零碎碎的胡思乱想——不要忘记，我是患硬化症的——我梦见一些鸟雀、花边、核桃，于是大月亮嘲弄着浮现在大地之上。大胆嘲笑可怜的怯懦——细小的、美丽的、凯旋的脚嘲弄阴沉的、大洪水以前的粗皮扁平的大脚。有人说过，生活就是大胆。不对：大胆是缓慢的死亡，而生活则正是忧虑和怯懦。谁喜爱丑陋的女仆，谁就存活——而一旦躺在精致的卧床之上，就将要慢慢萎顿。

"柴霞，"我曾经对女仆说，"太太说，柴霞嗓门太大。太太说，因此她患了偏头痛。"

女仆哼哼着说：

"太太心里认为，女仆不是人。"

我追问：

"柴霞，太太说，你一在房间里走动，架子上摆着的萨克森时代贵重瓷器就叮当乱响，好像要碰碎似的。是吗？"

柴霞阴沉地说：

"太太看什么都不顺眼。"

我回答：

"太太跟女仆们过不去！跟你过不去，也跟我们大楼里其他女仆们过不去。太太觉得，你们嗓门太大，一说话就吼吼地，像叫街的似的——震得耳朵生疼，而且你们还传染千奇百怪的大病。还有一样太太不高兴的，就是每个女仆都是贼，弄得太太染上了偏头痛。而且，女仆的男人们，太太说，都偷东西，还带来各种疾病。"

说完这些话，我沉默了，就好像什么也没说似的，而且一如既往，从部里回来后就浏览报纸。很快，妻子来到我身旁，提起撵走女仆。

"近来，"妻子说，"她变得难对付了，低头向上翻白眼，除此之外还常常跑到楼梯上去和其他的女仆乱嘀咕。有一次我去厨房，看见那儿坐着四个人。在院子里她跟看守在勾搭什么，我想，得快点把她开除。"

我回答：

"唉，再等等吧。她是爱唠叨，可是人还是老实的。不偷东西。"

可是，妻子开始害怕得厉害，可以说，不成比例地。

"柴霞，你今天跟那个看守的妻子一起笑什么呀？"

"没有什么呀,随便笑笑嘛。"

"不能无缘无故地那样笑,哈,"妻子鄙夷地说,"柴霞,你以为你多聪明呀。"

不知道原因在什么地方,但是妻子真的控制不住自己的精神了。她过来对我说话还很正式:先去阳台片刻,而女仆从对面和那儿的厨娘说了什么话,两个人瞥了她一眼,爆发出一阵大笑——我不得不发话制止她们。我从门缝里探出头来,大声说:

"你们笑什么呀!请你们闭上嘴吧!笑得多愚蠢啊!"

但是真的令人觉得,我妻子患了受虐狂。

"到下月一号让她走。她越来越不好使唤了。散布对付咱们的小阴谋。我禁止她和其他女下人来往,可是今天又碰见她在楼梯上和那看守、和一层的厨娘嘀咕。这样的蠢事,我再也忍受不了了!"

"马上开除?也许她自己要走呢。"

"菲利普,"妻子说,突然不安起来。"我不反对让咱们以前那个年轻的回来。你听着,"她强调说,"什么意思呢?柴霞在我背后笑,笑得粗俗——是谁挑唆她的——我感觉,实实在在感觉出来,我一转身,她就做鬼脸,吐舌头,或者表示瞧不起我。我都感觉到。"

"你说什么呀——你大概是不舒服啦,宝贝儿。她能笑话你什么呀,你没有什么可笑的嘛。"

"我怎么能够知道她为什么傻笑呢?因为愚蠢。当然是她愚蠢,不是我。肯定她在我身上看出什么来了。"

"也许她觉得你的修指甲师可笑,用那么亮亮的小镜子,"我说,显出若有所思的样子,"也许因为你用小手绢擦鼻子显得可笑。上帝才知道,是什么逗得不开化、没文化的女仆傻笑——也许是你的高级香皂让她发笑的?"

"你住嘴,"她呼吼了,"我不想知道!不止她,其他的女仆也笑!笑得又愚蠢、又粗鲁!真是不知羞耻!我得找房东去!她们脑袋都出毛病了。非把我气得大病一场不可!"

我责备了柴霞一番。

"柴霞,你为什么惹太太生气呀,你知道啊,太太是个娇嫩的人,容易生大病的!"

我去房东那儿抱怨,抱怨整个一座楼里严重的杂乱——但是第二天就有人把一个烂葱头扔在我窗户上。事实上——大概吧——我也觉得,在这院子里春天的喧嚣当中,我正在辨别出某种愚蠢、某种粗俗、某种忽然觉醒的可怕的撩逗——就好像有人用一根小羽毛撩拨乳齿象的大足。后院的一个女仆同样放肆起来，当面笑话我妻子，在我们屋门上出现了一些可怕的涂鸦——哎呀上帝，用粉笔画的什么奇形怪状的东西呀，而且，我和我妻子的形象也出现在里面，面貌丑陋、姿势可怕。妻子吩咐女仆一天擦洗好几次——妻子快气疯了，甚至潜伏在前厅里，有一点动静，就扑到楼道里去，但是谁也没抓住。总之，有人变着方法跟我们捣乱。

"找警察去！警察呢？警察！她们胆子也太大了！要把这伙女仆人、看守、看守的孩子，通通都赶走！看守的孩子们也不是好东西！都是黑帮！耍阴谋！柴霞听见没有？！警察！柴霞盯着看什么呢？！禁止你听着看！给我滚出去！立刻滚出去！"

但是这呼喊声只能煽起放肆和大胆，煽起强烈的、憋足了的、一直隐藏的愤恨。

"菲利普，"妻子害怕得哆嗦，"这是什么？这是什么意思？这儿的脏东西怎么多起来了——有阴谋。我怎么了——他们要拿我怎么样啊？菲利普……"她瞧了我一眼，面无血色，一脸青灰，萎顿，静静地挪到角落里，坐下。

我留在椅子里，手里拿着报纸，手指头夹着香烟，那支香烟自己冒着烟儿；我心里思忖，这是为什么。没有疑问，可以把女仆赶走，可以变换住宅，甚至搬到另一个城区去，可以……但是我必须改变，不能这么束手无策、哆哆嗦嗦、胆小如鼠。妻子问我，这是什么意思。什么意思——怎么个意思呢？究竟是谁在这儿这样地可笑、野蛮和妖怪似的可怕呢？如果妻子恨女仆，那女仆必定也恨妻子。我注意着这种痛恨，用颤抖的手掌结果这份痛恨，用年迈老人昏黑的老眼仔细观察它，静静地细心听着厨房里传来的针尖麦芒的嗓音：

"我告诉太太吧，她们想出来的主意，我要是都告诉了太太，我就得先羞死，太太的血液会变凉。"

我听着，沉默着。

妻子日前曾把结婚戒指摘了下来，放在餐厅桌子上，我把它拿起来放在衣兜里了——完全是机械地，因为当时我心里想着事情。于是我对妻子说：

"宝贝儿，你的戒指呢？"

妻子立即盯着女仆，女仆盯着妻子；妻子说：

"柴霞！"

柴霞回应：

"在！"

妻子大叫：

"小偷！"

女仆立刻粗声大气狂吼，双手插着腰：

"你是小偷！"

妻子：

"你住嘴！"

女仆：

"你自己住嘴！"

妻子：

"滚！立刻给我滚！"

女仆：

"你滚！"

唉，丢人现眼！窗户后面冒出许多脸来，四面八方发出惊叫声，咒骂声，一种看热闹的吼吼大笑声越来越响，我却看到：这个女仆抓住我妻子的头发使劲拽、拽，我还像在一团浓雾当中听见妻子的求救声：

"菲利普！"

（杨德友　译）

老　鼠

　　这个居民众多、富有地区令人谈虎色变的人物是一个凶汉、酒鬼、杀人犯，谁都知道它的名字是胡立杆①。他诞生在平整的田野里，亦即广阔的平原里，在森林、山峦、河谷和旷野里长大，没有在关上的房间里睡过觉——这一切给他带来特殊的健壮和性格的开朗——灵魂的开放，激荡大度的秉性。是的，这是开朗的性情，容忍不了狭隘憋闷的地方，喜欢痛饮，大方的动作是他唯一的手势。杀人犯胡立杆厌恶一切狭窄、局促、小气的事物，例如偷人钱包的蟊贼，如果他要耍弄什么人，或者把他撂倒，他就把他踢倒，在野地里，使足力气，高声哼唱："嘿哈！嘿——哈！"

　　路上的人都躲开他。谁敢大胆不让路，凶汉胡立杆就照着肚子一拳打倒，或者举得高高的，一下摔在地上——或者干脆杀死——拉到一旁，然后继续走他的路。但是他从

---

① 波兰语原文是 Huligan，读音和名词 chuligan（地痞、流氓、恶棍）一样，作者有意杜撰的名字。

来不允许密谋的、小气的谋杀，他全部的杀人作为都是豪放勇敢、大气而公开的，在潇洒行进中的，还伴有歌声："嘿，我的玛丽喜，玛丽喜！"或者："噢咦，达纳！噢咦，玛丽喜！"因为他热爱他的玛丽喜卡，胜过世界上的一切，爱得张扬、呼啸，又蹦又跳，大杯的伏特加！

是的，他的性格最开朗，开朗之极。他不懂得安宁，尤其是安静，可以说我们时代的人小偷式的主要特征的那种安静——就连睡觉的时候，他也张着嘴，打呼噜，呼噜声震撼了山谷。他见不得猫，看见猫就要追，一追就是十公里、二十公里；女人呢，他一把能抓住好几个，还吼吼地嚷嚷："婆姨，婆姨！"或者连连嚎叫："哎嘿，嚎，嚎噢！嚎噢！嗨塔！哇噢！"也是这样抓住了他这个唯一的玛丽喜卡！然而，有时候某种愁思把他攫获，于是整个地区都充满他喧嚣的长调"杜姆卡"悲歌，显露出忧郁，在月光下，听到祷告般的、壮士的、哥萨克的、摩尔多瓦的或者低地的田野哀歌，逍遥法外汉子们歌声的铺垫：他唱着："嘿，嘿，嘿，多拉！嘿，玛丽喜①，玛丽喜卡！"连悲哀的狗也从篱笆后面

---

① 玛丽喜和玛丽喜卡都是玛丽亚这个名字的爱称形式。

接应，发出粗笨混浊的吼声。这吼声到后来也感染了人。整个地区都悲哀地、沉闷地、消沉地、简单地对着泛出白光的月亮呼号起来："嘿，多拉！嘿，多拉！"

歌声越来越多，一直包围了凶汉。慢慢地，他变成了传说人物，所以也编出了关于他的歌，乡野的、豪放的、呼号的、强盗风格的歌，但是都带有这个单调的副歌："嘿，哈！嘿哈！哎，哎，哈伊，哈伊热哈！……"这些呼嚎声、打斗和杀人事件越来越多。但是，在附近一个破旧而孤单的住宅里，多年来住着一位老先生，原来的法官，姓斯克拉博科夫斯基；这个地方呼啸杂乱的状况，早就令他厌烦不堪。他不断地、悄悄地找当局汇报、控诉——而且极端保守秘密。

"我就不明白，怎么能容忍，"他小声说，"光天化日下杀人……从中取乐，太过分……还有酒馆里的哄闹。那些歌，哎哟，什么歌呀，干脆就是驴叫嘛，没完没了的鬼哭狼嚎……还有那个玛丽喜卡，玛丽喜卡……"

"你要怎么办呢？"肥胖的警察局长问道，"你要怎么办呢，政府软弱。软弱啊，"他重复说，透过窗户望着无边无际的田地，地里稀稀落落地有几棵孤立的树木，"百姓赞成他。支持他。"

"怎么可能支持他呢?!"往日的法官猛地抬头,眯缝的眼睛里冒出犀利目光,目光扫过十几公里远的地方,直到玛瓦·沃拉的沙地,却又立即退回到眼皮底下。"老百姓都害怕出门!他杀人如麻……"

"杀是杀,但是只杀某些人,"警察局长咕哝着说,身后背景是窗外广大的平原,"其他的人都看热闹……您还不明白吗?那是他们的娱乐项目——看痛快的杀人表演……哎哟。"他又咕哝一声,假装没有看见,从附近树丛的后面忽然一个尸首向上飞去,接着传来响亮的欢呼声,好像几千头野牛踏过田野和草料场。

阳光西斜。警察局长关上了窗户。

"您如果不想把他抓起来,我就来抓他吧,"法官好像自言自语,"抓住他,我就把他关起来。关起来,我就修理修理他这个无法无天的性子。修理,但是要小气一点。"

但是警察局长不过叹了一口气。

斯克拉博科夫斯基回到自己破败的住宅,披着烟草色的睡衣在几个空荡的房间里踱步,盘算着怎么抓住这个凶汉。这个悭吝人对这个无业游民的痛恨与日俱增。捕捉、抓获、监禁、压制，成为他压抑心理不可或缺的需要。最后，他决定利用这个凶汉的不可救药的直来直去的性子——还有——他也渴望利用他与日俱增的、已经无出其右的作威作福的恶性。实际上这个土匪作威作福多端，习惯于人们望风逃窜，所以看到一个人不逃跑，而且站立不动，就认定是特殊的挑战了。所以，斯克拉博科夫斯基吩咐他的男仆克萨维雷走到附近山坡的一棵树下——老仆人照着主人的吩咐办了，主人突然用一根锁链把他捆起来，又把他绑在树干上。然后，在这个仆人前面亲手挖了一个大坑，坑底摆好了捕狼圈套，然后急忙回家隐藏起来。克萨维雷很久以来就觉得"少爷"的小玩笑可笑，但是等到月亮升起、照亮整个地区以及远处松树林的时候，这个仆人开始明白，为什么把他绑在山坡一棵树的树干上，为什么狠心地把他丢在夜间的旷野。

狗开始对月长嚎；芦苇丛里传出凶汉悲哀的呼叫，他开始沉溺于一种草原居民的乡愁。慢慢传来高声而可怕的呼嚎"嘿，玛丽喜卡，玛丽喜卡，玛丽喜卡……"这长嚎之声贯穿长夜，悲哀而沉醉，响亮而拖长，显得完全忘我。凶汉首先嚎叫，无所顾忌，野性，无拘无束又无耻，放开心灵，接续他的则是铁链拴着的狗，再次则是人，从茅屋里怯懦而恐慌的哀嚎，门户紧闭，只透过孔隙发声。

"少爷！"克萨维雷需要呼喊，"少爷！"但是他不能呼喊，因为呼喊声音会引起凶汉的注意……而且他惊惶的微弱声音也传不到斯克拉博科夫斯基的耳朵里，他正在缝隙后面警惕监视情况的变化。克萨维雷心里咒骂，我们不能溜走，必须坚守，虽然不愿意，虽然，也不能让别的什么人把我们揪出来，干我们干不了的事。老仆人诅咒我们的躯体让人看见，却没有办法！但是凶汉已经起来，从栖身窝里钻了出来，不知不觉地这个老仆人映入他的眼帘，拨动了他的眼睛，刺激了他的视神经，带动了大脑神经……眼见得凶汉迈出大步过来，要一拳砸烂他的下巴，打烂鼻子、打瘪胸膛、扭断脖子——那脖子明明就摆在那儿的嘛！哈啊啊啊！啊啊啊啊！他一下子掉进了陷坑，落进斯克拉博科夫斯基设置的圈套，法官立即奔来，费了几个小时的工夫才把杀人犯的笨重躯体搬进老房子里最隐蔽的地下室。

就这样，他控制住了胡立杆！神威的胡立杆钻进了洞穴，被圈在一个狭窄的单间里，锁在一根柱子上，只好听天由命了！法官退出，细心洗了洗手，偷偷地露出笑容，然后一整夜反复构思折磨他的有效办法。处死他的做法一点也引不出他的笑容——他细心、严谨、严肃,心里只想要再把这个凶犯夹紧、制服他,只把他处死没有多大意思,只有由性地折磨他几番才算有意思。这位退休法官一点也不着急,后来这几天只是品味这个想法:胡立杆被抓到他这儿来了,在地下室,这个凶汉不能嚎叫、不能喧哗,因为给他嘴里套上了嚼子。一直等到明确了这个呼号的凶汉再也没办法呼号,现在安静了——到这时候,法官斯克拉博科夫斯基才鼓起勇气走进地下室,在完全的沉默中开始实际操作,目的就是修理他、戏弄他。啊,多么安静!安静之极,这安静来自住宅的地下室,又从那里冒出。以后的几个星期、几个月,都是一片寂静,因为呼吼受到强硬压制而出现的寂静……

每天晚上七点钟,斯克拉博科夫斯基都到囚室里来,身穿烟草色的宽袖长外套,手里攥着棒子或者铁棍。每天晚上从七点起,严格的法官都依法审讯这个汗流满面、不能说话的恶棍,一言不发,一言不发……他一言不发,走到他面前,长时间、长时间地挠他的脚后跟,让他露出痉挛的、细小的咯咯咯的笑貌,然后再用棍子指指点点地嘲弄他,用一块木板挡住他的视线，用细针刺他，对他展示豌豆、菜豆和甜菜头……但是凶汉不是沉默地忍受，而是保持沉默。在昏暗中，他的沉默在生长、蔓延和扩张，等于最大最凶的呼号——而法官想要沉默地制服这个土匪的凶狂沉默，却是徒劳——于是，愤恨充斥了这个地窖！那么，斯克拉博科夫斯基到底要干什么呢？他想要改变这个土匪的性格，改造他的声音，把他的大笑改造成嘻嘻嘻的贱笑，把狂吼变成絮语，压缩他、收紧他整个的形体，让他像自己、像斯克拉博科夫斯基一样。他拿出行家的细心来寻找这个土匪的弱点，投身专门的和极度的研究，为了找到这个 minoris resistentiae（最小的抵抗力），这个弱点，通过这个弱点来准确地镇住这个土匪。但是，这个土匪就是不露出弱点来，只是保持沉默。

这位老先生多次觉得，在不懈努力的道路上，总是能够找到某种令土匪屈服的办法——但是那个试验时刻每星期都要到来，对于看守来说，这都是个可怕的时刻，是这位孤零沉默的人在世界上最害怕的时刻。因为每个星期他都必须拿出土匪嘴里的嚼子，喂他吃东西——嗨呀，他害怕得全身麻木，耳朵里塞了棉花球，把一盘食料放在倒下的土匪面前,哆哆嗦嗦地一下子拉出他嘴里的塞子。每一次他都抱着希望,希望能够镇住这个恶棍,这一次他不要野狼嚎叫……但是每一次,刚一取出嚼子,这个恶棍就泼出呼噜、咒骂、驴吼大杂烩。他高声狂吠:"混账,混账,混账!兔崽子!滚,滚!瞧我抓住你!砸烂你的狗头,你的狗头……我,胡立杆,我打死你!"他呼喊乱叫:"打死你!玛丽喜卡,玛丽喜卡!玛丽喜卡!玛丽喜卡在哪儿呀?玛丽喜卡!"于是地窖里弥漫了吼叫声,吼叫传到四邻,夹杂这咒骂,他又唱起歌来,吐露心声,而这个看守满脸苍白,哆哆嗦嗦的,把食料塞进他嘴里……他还是一面吃一面呼吼。于是邻近的村镇的居民也奔走相告:"是胡立杆在叫唤!胡立杆又那个叫唤了!"……一场大折腾之后,退休的法官回来了,精疲力竭,还在寻找,一直在寻找最小抵抗力的支点。

终于找到了。

这就是老鼠。

真是怪事,老鼠……

有一次,一只硕大的老鼠偶然间钻进囚室,沿着墙壁溜了过去,这个一直顽强抵御的恶棍立即抽搐起来。

斯克拉博科夫斯基从他嘴里取出嚼子。虽然嘴里的塞子摘掉了，但是却没有呼喊，只是盯着那只老鼠，沉默着。极度的厌恶和恐惧比他的顽抗更有力量。而这只老鼠沿着他的脚慢慢爬过去，前爪还站立起来，这凶汉痉挛地笑了起来，声音高了八度……

终于找到了！终于找到了！应该怎样感谢上帝啊！为了这一次不可思议的慈悲，他双腿下跪！办法终于找到了！退休法官再也控制不住激动的热泪！凭借大自然的安排，就连最强横的人，在这个世界上，也命定要遇到一种比他更强的东西，他绝对忍受不了的东西！有的人忍受不了野蔷薇，有的人忍受不了牛肝，还有人一碰见草莓就生出荨麻疹，但是，天大的一件怪事乃是，一个杀人犯既不怕棍棒交加，也不怕针刺针扎，也不怕任何其他最新奇的千百种组合的惩治严刑，他虽然似乎比一切都更强硬，却惧怕老鼠。他不能容忍老鼠！但是，他比老鼠软弱。上帝才知道什么缘故。也许是因为，杀人像碾死一个臭虫一样的杀人犯，害怕杀死一只老鼠——嗜，并不是害怕老鼠本身——而只是害怕老鼠的死，他最最厌恶老鼠的死，厌恶得超过一切，对于他来说，老鼠的死是不可计量的丑恶，他不堪忍受，其他动物的死亡，猪的死亡、牛的死亡、人的死亡、毛虫的死亡、鸡的死亡、青蛙的死亡，在他看来，都不及这东西的死亡之可怕、可厌、抽搐、滑溜、缓慢、虚假的千分之一——不及老鼠之死可恨之千分之一！因此，这个可怕的斗殴分子面对这个啮齿类小动物等于解除了武装——对于他来说，唯有这种动物的死不能目睹，最难对付。所以，见了老鼠他就发呆，发麻，明显地龟缩起来，发不出声音来，发抖，哆嗦不停——办法总算找到了！

老法官斯克拉博科夫斯基终于摇身一变，成了胡立杆的老爷！

从此以后，他就毫不留情地让老鼠贴近胡立杆。

他用细绳拴着一个老鼠到来、走近，压挤和逼迫这个恶棍，或者把老鼠短时间放进他的裤腿里，迫使他发出老鼠的唧唧尖叫声，或者逼迫这个凶汉浑身发僵，让老鼠在他头上晃来晃去，或者，到最后，他发出脚步声走动，蹦着、跳着，让老鼠围着这个越发蜷缩的混混转。嚼子也不需要了！混混已经叫不出声音来，更不用说狂吼了。就这样，过去了几个星期，甚至几个月；老仆人克萨维雷的任务是用蜡烛给没有慈善心的老鼠照明，呻吟着，心里祷告——老仆人头发竖立，后背阵阵发凉，祈求老鼠发善心，诅咒自然界这些可怕的、似乎不请自来的勾当，诅咒无所不在的狠心肠作法。"诅咒老鼠、少爷、住宅、凶汉的本性和法官的本性和老鼠的本性，噢，诅咒形形色色的本性、诅咒大自然！"很多年过去了。折磨强化，越来越苛刻，越来越厉害，斯克拉博科夫斯基用老鼠逼迫得越来越变本加厉、越来越没有效果——气氛紧张，越来越紧张，越紧张。

总是——老鼠。

没完没了的——老鼠。

只有——老鼠。

还是老鼠，还是老鼠，还是老鼠……

刚一感觉紧张，克萨维雷就低下了头，去追这只老鼠，老鼠吱吱叫着挣脱了细绳，逃跑了，钻进了深处，隙缝里，坑穴里。于是奔跑得气喘吁吁的老仆人身子一斜，一下子冲到法官身上，低着头。

斯克拉博科夫斯基紧张到了极限，也是身子一斜，低下了头……

去追低着头的克萨维雷。地下室传来响声和撞头的声音，脑壳崩裂——啊！凶汉胡立杆自由了，熬过了十一年和四个月之后，解脱了，看守们都倒在地上，没了命。可是老鼠不见了！这个土匪咽了一口唾沫，想到，该出去了——于是身体发出细小的动作，开始设法摆脱，黎明的时候，凶汉挣脱捆绑的绳子，推开通往长满绿藤的小露台的门，终于自由了——原来健壮的大山贼，现在竟被弄得弯腰驼背。他立即从露台钻进灌木丛，在灌木丛里沿着河堤偷跑——同时阳光在地平线上方升起。于是，一个牧童从远处呼喊：

"母牛，母牛——呜呜呜！"

胡立杆猫着腰在灌木丛里逃跑，越来越快。唉，他多么想躲到什么地方去，爬进一个土坑、地缝和地洞里去，藏进密林，把脊背和身体其他的部分都掩护起来。凶汉一直瞧着脚下。清风吹拂了他，但是他一点也没有感觉到舒适，他不敢出大气，不敢吸气——他只是警惕而小心地用眼睛细看脚下。只有一个念头控制住了他：这只老鼠怎么了？克萨维雷放走、钻进地下室墙缝的老鼠，藏在哪儿？

但是，这个老鼠不见踪影。

胡立杆的目光一直没有脱离地面。他对老鼠带来的恐怖体会深刻，极为切实地认识到了老鼠威胁的无底深渊，以至于老鼠之阙如不是比一切最甜美的声音和微风吹拂更重要——不是的,而是其他的一切只不过是装饰,老鼠之有无才是至关重要的!这个大山贼竖起了耳朵,特别探听着类似蹭擦的细碎声响,眼睛只注意捕捉类似老鼠形状的东西,每时每刻都好像就要、就要辨认出来……就要、就要猜测出来……几乎听见了、看见了一种吱吱、吱吱、唧唧、唧唧、沙沙、沙沙的动静……

但是,这个老鼠不见踪影。

看起来真是难以置信:一个啮齿类小动物和他这个人竟结成这样密切和可怕的巩固联系,而且长达十多年,和他这个人结合成折磨人的体系,这个体系和他的人格结合得水乳交融,超过任何时候、任何方式的动物和人的关系——看起来难以置信的是,这个啮齿类小东西(因为还必须注意到人对动物的盲目眷恋)竟然能够脱离他、溜走、放弃他,不是奇怪得很么……

但是,这只老鼠不见踪影。

忽然间,一个稍微长一点的什么东西在距离一个很大的阳光光点旁边不远的地点溜了过去,又隐藏了起来……

是这只老鼠吗?

这个强盗的目光漂移,刻意探寻——虽然没有充分信心——但是,枯干的树叶子中间又有什么沙沙作响。

又来了——是这只老鼠吗?

差不多可以肯定——就是这只老鼠。

他迈碎步,它跟着蹦跳,
这只忠实的老鼠!
他踱步,它紧跟不休,
这只忠实的老鼠!

胡立杆赶到一棵大树下面,躲藏在树窟窿里,老鼠赶到一堆干树枝子旁边,在干树枝子里藏身。但是,树窟窿不能把他完全遮掩,而这个心计不够用的啮齿小动物因为刚从地下室的昏暗中出来,被大白天的亮光照得目光迷离,所以奔跑到了他脚下,钻进了一条裤腿。这情况的经过如下:老鼠从黑暗中钻出,在光天化日之下惊恐万状,火急火燎地寻找隐蔽所,找个什么熟悉的东西,而对于它来说,很可能没有比胡立杆的裤腿更熟悉的东西了,对不对呢?哪种黑洞它更习惯呢?于是这个强盗醒悟过来,他制造出来的这些地缝和坑穴,他不知不觉地长在身上的和藏在躯体与衣服之间的这些窟窿和角落，都是老鼠求之可得的，都是隐蔽所。于是他赶快从树洞里跳出来，受到恐惧的驱赶，往眼睛看得见的旷野里奔逃，而在他身后（差不多可以肯定的），紧贴着地皮奔跑的就是这只老鼠了。噢，赶快找一个土坑、一个洞、一条地缝、一条小沟！发现一个山梁，把两条腿藏起来，从四面隐蔽起来，消灭自己那些有吸引力的窟窿、土坑和地缝——这个强盗从地下室钻出来以后，就奔跑、奔跑、奔跑，穿过草地、森林、山谷、丘陵、洼地，带着一身的隐蔽小角落，而跟在他后面的（很可能）奔跑的就是这只老鼠。这个土匪耗尽最后的一点力气，掉进一个坑里，这个土坑正好为他效劳，他的头脑半清醒，就钻进一个黑洞，又藏在麦秆堆里。几分钟以后，他才在半惊奇之中看清楚，他钻进的这个洞，是一个大棚子木板墙上的一个洞——原来他钻进了一个谷仓，也算个大棚。但是，每时每刻，老鼠都可能从麦秆堆里钻出来，再钻到他的腋下，或者钻进他衣褶形成的窟窿，于是他探出身子，跟踪侦查。但是，这是怎么回事？是做梦呢，还是醒过来了？我到底是在哪儿呢？哟，这个大棚子很熟悉呀！是谁在谷仓地板上躺着呢？在对面墙根下面麦秆垫的床上？嘿呀，玛丽喜在这儿躺着，玛丽喜在休息，玛丽喜在睡觉，在呼吸，啊，嘿，嘿嘿，玛丽喜，玛丽喜卡！噢咦，达纳，达纳，玛丽喜！他蜷缩着，老鼠吓得他五内翻腾，他对她细看了一眼，真是不愿意相信，那就是她……姑娘正躺着睡觉，张着嘴，胡立杆一下子激动起来——他已经、已经要唱起歌来，像以前那样——像过去那样："玛丽喜，玛丽喜……嗨，玛丽喜卡，玛丽喜卡……"

正巧在这个时刻，老鼠钻出来了。

这只又肥又大的老鼠从一堆木头底下溜了出来，小心地爬到地板上，轻轻地挪到玛丽喜的裙子旁边。

就是说，这只老鼠又来了。

老鼠跑到玛丽喜卡身旁。

这一次可不是幻影，而是不能忽视的、实实在在的老鼠，在他前面四步远的地方慢跑。似乎是不一样的啮齿类小动物——不是用来折磨他的那只，不一样——但是，老鼠彼此都很像，就连这个饱受折磨的恶贼也没有绝对把握。再者说，他也拿不准，和某一种啮齿动物长年的痛苦交往，没有在他身上留下一点对老鼠有吸引力的东西。但是，他最惧怕的是因为惧怕而踩上这只老鼠，因为那也是老鼠因为惧怕而准备往他身上窜的时候——不，不，行动必须谨慎，要最文雅地显示自己在场，只能稍微惊动一下老鼠，让它返回它那个黑洞里去。上帝保佑吧！——要避免一切的莽撞，不能陷入惊惶，不能落进这种野蛮的、低下的、难以预计的圈套，这正是地下这种可怕、乱钻乱窜、吱吱叫、长了光秃秃滑溜尾巴的持有者特有的脾性。这个盗贼发现了一个可能有老鼠窟窿的地点，于是开始准备发出细心的、轻微的惊动——在几乎完全的寂静之中，只发出一点沙沙声或者最多哼哼一两声——就在这个时候，突然……有什么东西把这只老鼠勾引到了姑娘的右腿膝盖处。老鼠钻进去了——胡立杆也惊呆了——唉呀，这只老鼠竟去触摸她，老鼠的嘴脸竟去在他的姑娘身上磨蹭，那是他的玛丽喜卡——玛丽喜卡！

老鼠这样的触摸、这样地磨蹭玛丽喜卡造成了超乎一切的危险，因为这个匪徒……咆哮了起来！咆哮得和以前一样，发自胸膛的吼声对准全世界，那是以往的、不可抵御的咆哮，他又向那老鼠扑去，疯狂嚎叫，喧嚣成为武器；凭这声大吼，就连这只老鼠也永远不会冲他的裤腿奔驰！他没有因为切断老鼠返回老鼠窝的路而罢休，他又从前面向它扑去。咳哟，胡立杆猛然一跳，咳哟，老鼠向侧面一闪，噢，蹦跳、飞奔、猛窜、疾行——还有咆哮凶汉闪电般来临的信心，认定老鼠不会躲避，他会踩住老鼠，把它杀死，因为堵住了它全部的老窝和洞穴！……我不知道还要不要把这个故事说下去？我这张嘴该不该说出最可怕的情节来？噢咦，大概是要说出来，因为可怕的事是没有限制的，是的，狠心就有某种无边无际的特性，就是说，如果恐怖行为开始升级，那就是已经在升级，在升级中升级——没完没了，没有界限，一层接一层，膨胀再膨胀，要超过其自身——机械地，像机器一样。噢咦，我这张嘴还是要说出来，这只老鼠……半瞎眼的老鼠，被吓得惊惶之极，又受到驱赶，因为盲目地和绝对地需要一个坑穴而疯狂……竟钻进了玛丽喜卡的嘴里，乱挠，乱闯，把这位张着嘴睡眠少女的嘴当成一个坑穴，往里冲。但是，在胡立杆还没有来得及痉挛着站稳的时候，他就已经目睹：塞在亲爱少女嘴里的老鼠正在恐慌地躲藏！唉呀，像机器一样！玛丽喜卡已经醒了一半，机械地，闪电般地使劲一咬牙关——这危险的机械便立即停止，老鼠也停止抓挠，小脑袋被咬下来，和躯体分开，老鼠立时死亡。

老鼠已经没了。

面对老鼠在情人玛丽喜卡被当成小坑的嘴里被咬死,胡立杆伫立不动。然后慢慢走开。

它奔跑,他追随,
老鼠死无疑。
它猛跳,他紧追,
老鼠死在情人嘴。

(杨德友 译)

宴 会

内阁会议……秘密的内阁会议……正在古老幽暗的肖像厅召开。古色古香的大厅是那么威严宏伟，它压倒了内阁的威严，使内阁相形见绌。挂在陈旧墙壁上的远古肖像默默无言，无动于衷地凝视着显贵们僧侣般的面孔，显贵们则凝视着干病衰老的大法官兼首相。这位干枯威严的老人虽然正像往日那样冷淡地发表着演说，却掩饰不住他内心的深深喜悦。他请求在座的内阁部长和副部长们全体起立，以纪念这个历史性的时刻。因为经过多年的努力，国王终于要和雷纳塔·阿德莱德·克里斯蒂娜公主举行婚礼了。雷纳塔·阿德莱德已经抵达宫廷。就在明天，这对未婚夫妻（他们彼此还不相识，只见过对方的肖像）将在宫廷里被正式介绍给对方——这个从各方面说来都是珠联璧合的完美结合，将会大大地提高和增强王国的声望和威风。是啊，王国！王国！王国！然而，一阵强烈的不安和深深的忧虑，甚至是焦急的心情，加深了部长们和副部长们见多识广、老于世故的脸庞上的皱纹；在他们年高德劭的干瘪嘴唇边，隐藏一些众目睽睽而没有说出口的话语。

在内阁的一致建议下，大法官宣布开始讨论……可是，随之而来的是沉默，是噤若寒蝉的沉默。沉默仿佛成了这场讨论的主要特征。第一个请示发言的是内务部长。但是他在获得许可以后，就陷入了沉默。他在整个发言过程里自始至终保持着沉默，然后就坐了下来。接着是宫廷大臣发言。但是他站起来以后，对于他要说的话也保持着沉默，然后他也坐了下来。之后每个发言的人，每个站起来发言的部长，全都保持着沉默、顽固的沉默，在一幅幅沉默的肖像和沉默的四壁包围中，沉默变得愈来愈强烈了。烛光闪烁着。大法官岿然不动地主持着这一片沉默。时光在流逝。

沉默的原因是什么？在座者没有一个肯承认，甚至考虑一下。沉默的原因以不可抗拒的力量，无可回避地出现在每个人的头脑里。然而，另一方面，这种想法又是不折不扣的叛国罪。因此大家都沉默不语。他们怎么能够承认，能够开口说，国王……国王是……噢，不行，绝对不行，宁可死掉也决不能说……国王……噢，不行，唉，不行，噢，不行……国王是个无耻小人！国王是个江湖骗子！国王出卖了自己！国王贪得无厌，卑鄙堕落，不择手段，是有史以来最最无耻的叛贼。国王是个贪污分子，是个卖国贼！国王为了区区几分钱，为了区区几角钱，就把自己国君的九五之尊卖掉了！

突然，大厅的沉重雕花大门开了，格努洛国王，身穿皇家禁卫军上将制服，腰佩宝剑，头戴巨大的三角帽，出现在大厅门口。内阁部长们都深深地弯下腰来，向君王施礼。这位君王用咄咄逼人的目光狡黠地打量着他们。他把佩剑扔在桌上，自己躺进一把扶手椅，跷起了二郎腿。

国王陛下一出场，内阁会议立即变成了皇家内阁会议，而皇家内阁会议便开始聆听国王的声明。国王首先声明，他对自己和公主即将举行的婚礼感到莫大的喜悦，他坚信，同时希望，作为九五之尊的圣主，他一定能获得这位金枝玉叶的高贵公主的爱情。不过，他强调指出，他肩上担负的责任也是沉重的。说到这里，国王的声音里流露了如此明显的贪婪，使得处于绝对的沉默之中的内阁不由自主地颤抖了。

"朕不想隐瞒，"国王说道，"参加明天的宴会对朕来说将十分辛苦……不管怎么说，朕都会不辞辛劳，给公主留下个良好印象……为了王国的利益，朕当然不惜牺牲，尤其是，如果，嗯哼……嗯哼……"

国王御手的手指意味深长地敲打着桌子，他的口气愈来愈推心置腹了。到现在，事情已经是明摆着的了。这位戴着王冠的纳贿者，确实是在为他出席宴会而索取一笔贿赂。突然，国王开始诉苦了，他说他的日子实在不好过，他说他不知道该用什么来打发日常的开支……说到这里，国王嘻嘻地傻笑起来……一边傻笑，一边放肆地朝大法官、首相挤眼睛。……他挤挤眼睛，又嘻嘻地傻笑起来。他嘻嘻地傻笑，还伸出一根手指敲着大法官的胸膛。

在一片看来是全神贯注的、深邃的沉默里，这位老人注视着嘻嘻傻笑、挤眉弄眼、正在拿手指敲他肋骨的君王……老人的沉默、肖像的沉默和四壁的沉默产生了共鸣。国王的嘻嘻傻笑消失了……接着，刚毅的老人向国王低头致敬，部长们也都在身后低头致敬，副部长们也都屈膝敬礼。在这个与外界隔绝的大厅里，内阁大臣们突如其来的敬礼产生了可怕的威力，打在国王的胸口，使他手脚僵硬，使他重新得到了尊严——于是可怜的格努洛在四壁包围中凄惨地呻吟起来，他还想再嘻嘻地傻笑一声，可是傻笑在他唇边消失了……国王在这片坚定不移的沉默的寂静之中感到害怕了……有好一会工夫他觉得害怕……他终于在内阁和他自己面前逃跑了,身穿上将制服的国王的背影消失在走廊的黑暗里。

跟着是一声气势汹汹、锱铢必较的吼叫,传进内阁大臣们的耳中:"我一定要跟你们算账的!我一定要算这笔账!我一定要算这笔账!"

国王刚走,大法官马上就恢复讨论,内阁大臣们在讨论中又一次保持了沉默。大法官不屈不挠地在一片沉默中主持着讨论。大臣们一个一个地站了起来,然后又坐了下去。时间一小时一小时地过去。谁能保证国王不会因为索取贿赂遭到拒绝而在宴会上干出什么别的丑事来呢;谁能使国王不受格努洛的伤害呢;而且,即使大家能够奇迹般地阻止一场丑事的发生,这么一个丢人现眼、让人害臊的国王,又会给那位外国公主,那位伟大的皇族后裔留下什么样的印象呢——内阁拒绝考虑这些问题,在四壁的包围中,内阁在一阵又一阵沉默的抽搐里把这些问题吐了出去,啐了出去。大臣们一个一个地站了起来,又坐了下去。到了凌晨四点钟,内阁一致提出辞呈,但是王国的掌舵人拒绝接受他们的辞呈,却意味深长地讲了下面一番话:

"先生们,我们一定要逼迫国王做国王。我们必须把国王囚禁进国王里去。我们必须把国王关押进国王里去……"

的确,唯有拿出豪华壮丽的场面、古老悠久的历史和宏伟显赫的气派,惟有举行无比隆重的仪式,才能锁住国王,才能使王国的名誉不受损害。大法官就这么做好了安排。第二天,在镜子大厅里举行的宴会果然美轮美奂,豪华无比——真个是:说不尽的富丽堂皇,数不清的花团锦簇,道不完的八面威风,仿佛在光辉灿烂、超凡脱俗的凌霄殿上,无数只钟叮咚地敲出了乐声。

雷纳塔在高贵的掌礼官陪同下步入了大厅。面对这光彩夺目、宏伟悠远的超级宴会的场面,公主不禁肃然起敬地眯起了倩目。一个个谨言慎行的古老名门望族成员走过去了。接着是身着隆重宗教服装的教会人士,他们仿佛被身后枯瘦年迈的盛装命妇们袒露的白皮肤陶醉了。贵妇们的身影又无力地淹没在将军们的肩章和大使们的绶带中——无数面镜子把这富丽堂皇的场面无数次地重复反映了出来。喃喃的低语声溶入了浓烈的香水气味里。国王格努洛一进入大厅就眨巴着眼睛。大厅里炫目的光亮弄得他眼花缭乱。致敬的欢呼声像一把钳子,马上牢牢地夹住了他。人群的敬礼不容他躲开欢呼声……鞠躬的人群形成了一条通道，逼着他向公主走去。公主狂乱地撕碎了自己衣裙的花边，她不愿相信自己的眼睛。怎么，国王，他未来的夫君，难道会是这个长着一副办事员蠢相的家伙，会是这个一脸市侩气，像个猥琐的水果小贩和下流的敲诈犯、俗不可耐的生意人？难道——唉，天哪！——难道这个正在沿着鞠躬的臣民形成的通道向她走来的生意人，就是伟大的国王吗？当国王拉起公主的纤纤玉手时，公主厌恶得浑身颤抖了。然而就在这时，大炮轰响了，钟鼓齐鸣，公主不由得从心底发出了一声狂欢的叹息。大法官放心地叹了一口气，这声叹息在内阁成员的叹息声响应下，无限地延伸开去。

国王伸出一只神圣的超尘拔俗的御手，按住剑柄，把另一只至高无上的圣洁御手伸给雷纳塔公主，把她带到宴会席上。在杂踏的脚步声和令人眼花缭乱的肩章及羽饰的闪烁中，来宾们纷纷挽起自己的夫人，跟在国王身后。

怎么回事？是什么静悄悄的，轻微而细小，几乎听不见，却又阴险奸诈的声音，传进了大法官和内阁大臣们的耳朵里？是他们的耳朵欺骗了他们，还是他们确实听见了一个声音……仿佛有人在旁边……仿佛有人在旁边……哗啦哗啦地……哗啦哗啦地摆弄着钱币……摆弄着他口袋里哗啦哗啦响的钱币？怎么回事？年高德劭的长者严厉冷酷的目光从在座者身上扫过去，最后停在一位大使脸上。大使脸上连一根肌肉也没有动；这位敌国代表的薄嘴唇上，露出一丝几乎不易觉察的嘲讽，他挽起了弗里乌洛侯爵的女儿、比赞西娅公主的手臂，来到宴席桌前……可是，他们又一次听见了那阴险奸诈的、静悄悄而又十分危险的声音……在伟大首相威严高贵的灵魂里，不禁产生了对潜伏的秘密阴谋的一丝焦虑。这是——一场阴谋吗？这是——一场叛乱吗？

第二遍号角声嘹亮地吹响了，它宣告宴会开始。格努洛听从了号角的命令，把他猥琐的臀部搁在王座的边缘上。他刚刚坐下，所有的人也跟在他后面坐了下来。大臣们坐了下来，将军们坐了下来，僧侣们坐了下来，宫廷显贵们坐了下来，大家全都坐了下来，坐了下来。国王把手伸向自己的刀叉，他拿起叉子，叉起一块烤肉，送进嘴里。就在同时，政府官员、宫廷人士、将军和僧侣、全都叉起一块肉，送进嘴里，四周的镜子把这些动作无数倍地重复着。格努洛吓得住了嘴——可是，在场的全体宾客也同时停止了咀嚼，停止咀嚼的动作，比咀嚼的动作更使人胆战心惊……格努洛希望尽快地结束这种停止咀嚼的动作，于是他端起酒杯，送到嘴边——所有的人立即举起了酒杯，高声致起祝酒辞来。重复了一千遍的祝酒辞爆发出来，停留在空中……使得格努洛赶紧放下了酒杯。可是，大家也都放下了他们手里的酒杯。国王于是举起酒杯啜饮了一口。大厅里立即又响起了雷鸣似的祝酒声。格努洛放下了酒杯。可是他看见人人都放下了酒杯，便又举起杯来——在座的人也再一次举起杯来，在号角的轰鸣、烛光的照耀和无数面古老镜子的重复反映中，国王喝酒的吞咽声被放大了，响声直达屋脊。吓坏了的国王又咽下了一口酒。

那个阴险奸诈的响声——一种静悄悄的、几乎听不出的哗啦声，仿佛有人在晃动口袋里的零钱——再一次传进了大法官和内阁大臣们的耳朵里，可敬的老人又一次把聚精会神的呆滞目光停留在敌国大使那张毫不起眼的面孔上……人们又一次、更加清晰地听见了那个阴险奸诈的响声。现在事情已经很明白了，某人想破坏国王和宴会的名誉，从中渔利，他正在用这种阴谋破坏的方式勾起国王变态的贪婪心理。阴险奸诈的哗啦哗啦响声又来了，声音非常清晰，格努洛也听见了——贪婪的毒蛇爬了出来，暴露在这个俗不可耐的卖破烂的小贩脸上。

多么丢脸！多么丢脸！这是在示威！国王的灵魂卑鄙到了极点，也狭窄到了极点，他追求的不是大笔钱财，而是些许蝇头小利。区区几个小钱，就能把他引诱到地狱深处。唉，最最可怕的是，对国王最有诱惑力的，不是一大笔贿赂，而是几文赏钱。他见了赏钱，就像狗见了一根香喷喷的骨头一样！大厅里的宾客全都愣住了，他们屏息静气地默默等待着。格努洛国王听见了这个可爱的熟悉声音。他放下了手里的酒杯，他那愚蠢透顶的脑袋瓜把世界上的一切全忘了……他难以察觉地舔了舔嘴唇……难以察觉地！这只是他的幻想罢了。国王舔嘴唇的声音像一颗炮弹，在全体宾客中间爆炸了，全体宾客都羞愧得满脸通红。

雷纳塔·阿德莱德公主发出了一声模糊不清的厌恶喊声！政府官员、宫廷人士、将军们和僧侣们的眼睛都转向了那位老人。多少年来，他一直把国家的大舵掌握在他操劳过度的双手中。他们该怎么办？这下他们该怎么办？

这时，他们看见一条窄窄的衰老舌头，慢慢地从德高望重的老人嘴里勇敢地伸了出来。大法官舔了他的嘴唇！首相舔了他的嘴唇！

内阁在骇异中迟疑了片刻，但是接着大臣们终于伸出了舌头……跟着，主教们伸出了舌头……伯爵夫人们、侯爵夫人们伸出了舌头，桌上的客人，从桌子这头直到那头，全都在亮晶晶的水晶器皿的神秘光辉中舔了舔嘴唇。镜子把这个动作重复了一遍又一遍，把这个动作投进了镜子的天地里。

国王发怒了，他看出他什么也不能做，因为大家都在模仿他，他猛地离开桌子，站了起来。然而，大法官也站了起来。每个人都跟着大法官站了起来。

大法官不再犹豫了；他已经做出了决定，这个决定惊世骇俗，它打破了一切常规！大法官认识到，他再也无法向雷纳塔掩盖国王的真实面目，于是他决心把宴会变成一次为维护王国尊严而进行的公开斗争。是的，没有别的办法——这次宴会将要毫不留情地重复国王的一切动作，不但重复国王那些适于重复的动作，尤其是要重复那些不适于重复的动作——只有这样，他们才能把他的行为变成超越一切行为的行为——对国王本人施行这样的暴力已经是必要的和不可避免的了。因此，当格努洛发狂地用拳头猛捶桌子，打碎了两只盘子的时候，大法官也毫不犹豫地打碎了两只盘子，在号角的轰鸣声中，每个人都一起打碎了两只盘子，仿佛这样做是为了天主的缘故！宴会战胜了国王！火冒三丈的国王坐了下来，他像只胆怯的老鼠一样静坐不动，但是宾客们窥伺着他最细微的动作。某种肆无忌惮、闻所未闻的东西——在无人垂顾的盛馔佳肴的香味中出现了，消失了。

国王从宴会的主人席位上跳了起来！宾客们也跳了起来！国王向前迈了几步。客人们也迈了几步。国王开始漫无目的地在大厅里绕圈子。客人们也开始绕圈子。无穷无尽的绕圈子的单调动作，达到了令人眼花缭乱的绕圈子的最高度，使得格努洛突然感到头晕目眩。他两眼血红，发出一声喊叫，就向公主扑了过去——他自己也不知道下一步该做什么，于是，他就当着整个宫廷的面，不慌不忙地把公主捏死了。

这个国家的掌舵人立即毫不迟疑地扑向紧挨着他的一位夫人，把她捏死——其余的客人也都照他的样子做了——无数面镜子反映出了这种超越一切的捏死人的动作，这动作延伸到永恒，不断地延伸、延伸、延伸，直到那些夫人们哽哽噎噎的喘气声被扼杀为止……宴会就这样割断了它和正常世界的联系，把控制权牢牢地掌握到自己手里！

公主倒在地上死去了。被捏死的夫人们倒下了。无数面镜子把这种静止状态，这种可怕的沉默不言、可怕的静止状态放大了，膨胀得愈来愈大，愈来愈大……

它在膨胀。无休止地膨胀。变大，变成了沉默的汪洋大海，变成了无边无际的静默，超越一切的静止状态统治了一切，它降临了，掌握了控制权，统治着一切……一切都处于它的绝对统治之下。

就在这个时刻，国王匆忙地退却了。

格努洛惊慌失措地挥舞着双手，转过身来就逃……他跑到门口，一心只想远远地离开这个超越一切的王国。客人们看见，国王要逃开他们了……再过一分钟，国王就逃掉了！他们目瞪口呆地望着，因为子民们是不能制止国王的……谁敢用武力制止一位国王呢？

"跟上他，"首相吼道，"跟上他！"

显贵们追出王宫，来到宫门前的广场，冰凉的晚风吹拂着他们的面颊。国王正顺着大街中心奔跑，离他十几步远，大法官在奔跑，后面是宴会和舞会的客人们。这时，这位超越一切的政治家，超越一切的天才，又一次表现了它超越一切的力量——因为国王可耻的逃跑变成了某种进攻，没有人知道，国王究竟是在逃跑，还是在率领众宾客向前冲锋！噢，瞧那冲锋的队伍，瞧大使们的绶带和勋章，主教们绛紫色的衣袍，大臣们的礼服、舞会的盛装，都在疯狂地飞舞，噢，这一大群显贵的冲锋，超越一切的冲锋！老百姓们的眼睛何尝见过这番景象。百万富翁、庄园领主、名门后代，正和参谋本部的军官们并肩奔跑，跑在军官们旁边的，还有身居要职的大臣，元帅们也在奔跑，宫廷侍从们也在奔跑，名媛贵妇们也在奔跑！噢，瞧元帅们和宫廷侍从们争先恐后的奔跑，那超越一切的奔跑，瞧那大臣们的奔跑，大使们的奔跑，他们跑进了茫茫黑夜里，跑进了灯光里，奔跑在苍茫的天穹下！王宫里大炮在轰响。国王在冲锋！

"前进！"国王喊道，"前进！"

这位超越一切的国王，正率领着他超越一切的军队，在做一次超越一切的冲锋，他奔驰进了茫茫的黑夜！

（文美惠 译）